DEFENDER

GESCHICHTEN AUS DER MITTE DER WELT

Andreas Steinhöfel wurde 1962 in Battenberg geboren, arbeitet als Übersetzer und Rezensent und schreibt Drehbücher – vor allem aber ist er Autor zahlreicher, vielfach preisgekrönter Kinder- und Jugenbücher, wie z. B. »Die Mitte der Welt«. Für »Rico, Oskar und die Tieferschatten« erhielt er u. a. den Deutschen Jugendliteraturpreis. Nach Peter Rühmkorf, Loriot, Robert Gernhardt und Tomi Ungerer hat Andreas Steinhöfel 2009 den Erich Kästner Preis für Literatur verliehen bekommen. 2013 wurde er mit dem Sonderpreis des Deutschen Jugendliteraturpreises für sein Gesamtwerk ausgezeichnet.

Andreas Steinhöfel

DEFENDER

GESCHICHTEN AUS DER MITTE DER WELT

CARLSEN

Außerdem von Andreas Steinhöfel im Carlsen Verlag lieferbar:
Anders
Beschützer der Diebe
David Tage Mona Nächte
Der mechanische Prinz
Die Mitte der Welt
Dirk und ich
Es ist ein Elch entsprungen
Froschmaul – Geschichten
Glitzerkatze und Stinkmaus
My Brother and I
O Patria Mia!
Paul Vier und die Schröders
Rico, Oskar und die Tieferschatten
Rico, Oskar und das Herzgebreche
Rico, Oskar und der Diebstahlstein
Rico, Oskar und das Vomhimmelhoch
Rico, Oskar und das Mistverständnis
Trügerische Stille
Wenn mein Mond deine Sonne wäre

Unser Versprechen für mehr Nachhaltigkeit
- Klimaneutrales Produkt
- Papiere aus nachhaltigen und kontrollierten Quellen
- Hergestellt in Europa

FSC® www.fsc.org
MIX
Papier aus verantwortungsvollen Quellen
FSC® C083411

Veröffentlicht im Carlsen Verlag
Oktober 2004

Umschlagbild: Nina Rothfos
Umschlaggestaltung: formlabor
Corporate Design Taschenbuch: bell étage
ISBN 978-3-551-35360-3

SANDMANN

Du glaubst nicht an Träume, oder?
Hey, Defender, glaubst du an Träume?

Mann, was für eine Frage. Natürlich glaube ich an Träume. Aber wer gibt so etwas schon gerne zu? Hosianna, ganz der Vernunft verpflichteter Professor, würde sich an den Kopf fassen, wenn ich ihm damit käme. Oder sogar noch einen Schritt weiter ginge: Wenn ich behauptete, dass ich vom Sandmann nicht nur geträumt habe, sondern dass er existiert.

Als ich fünf Jahre alt war, sah ich ihn zum ersten Mal. Er stand am Fußende meines Bettes, ein Schatten im Schatten, vielleicht stand er dort schon seit Stunden. Er wäre als Spielzeug zwischen anderen Spielzeugen durchgegangen, hätte ich welche besessen.

Ich war aus einem wirklich fiesen Traum erwacht. In diesem Traum hatte ich mich an Bord eines Schiffes befunden, das unter düsterem Himmel über ein endloses, schäumendes Meer trieb. Ein Sturm tobte. Eine haushohe Woge hatte meine Mutter und deren ständige Vertretung, Mimi Kaminski, über Bord gefegt.

Ich war allein.

Aus den Fluten stiegen Ungeheuer. Sie hakten sich an der Schiffswand hinauf, sie schlitterten über das Deck auf mich zu. Spitze Zähne glimmten, irgendwo mussten Sterne leuchten oder ein verschwommener Mond.

Ich schrie und riss die Augen auf.

Und sah den Sandmann.

Groß war er nicht. Kann ich nicht behaupten. Er stand leicht gekrümmt, wie unter einer schweren Last. Sein Gesicht war zerfurcht, Falten und Runzeln, vielleicht waren es auch Narben. Nase und Mund waren kaum zu erkennen, und Augen so winzig, die lagen so tief, dass ich mir eine Farbe für sie ausdenken musste.

Ich entschied mich für Meerwasserblau.

Verschrumpelte Hände hatte er, der Sandmann, die waren auch nicht hübsch. Und an jeder Hand befanden sich, das schwöre ich, sechs Finger.

Sechs Finger.

Er winkte mir zu.

Ich wusste, was er von mir wollte. Und weil ich ihm vertraute, schloss ich trotz meiner Angst die Augen, sank zurück in den Traum, war im nächsten Moment wieder auf dem Schiff.

Der Sturm tobte noch immer. Und die verdammten Ungeheuer waren nicht etwa verschwunden, o nein. Wenn überhaupt, waren es noch mehr geworden. Von ihren Zähnen tropfte zäher Schleim. Wo er zu Boden fiel, ätzte er Löcher in die Planken. Ich war fünf Jahre alt. Ich machte mir in die Hosen vor Angst.

Aber neben mir stand der Sandmann. Er schrie: *Da habt ihr, und da, und da …!* Mit jedem Schrei schleuderte er feinen Sand auf die Ungeheuer. Da war nichts, worin er den Sand transportierte. Er trug keinen Beutel, er hatte keine Manteltaschen. Der Sand war einfach vorhanden. Er griff ihn sich aus der Luft.

Da, und da, und da …!

Und aus der Nacht wurde Tag. Die Ungeheuer zerflossen, lösten sich auf. Wurden zu Sonnenlicht und Meerwasser und Regenbogenfarben. Pure Magie, würde ich sagen.

Ich öffnete die Augen und sah mein Zimmer, schloss die Augen und schlief weiter, tief und fest. Als ich am Morgen erwachte, war der Sandmann verschwunden. Logisch. Aber meine Mutter war da, und am selben Vormittag, als ich in Mimi Kaminskis Laden auflief, stellte ich beruhigt fest, dass es meine dicke Ersatzmutter auch noch gab. Jedes einzelne ihrer mindestens einhundert Kilo.

Abends fand ich vor dem Fußende meines Bettes ein paar winzige Sandkörnchen. Mit fünf Jahren wundert dich so etwas kein bisschen. Mit fünf Jahren *erwartest* du förmlich so einen übernatürlichen Scheiß. Ich hob die Sandkörnchen auf und schnupperte daran. Sie rochen nach Zimt und Orangen.

Und das war alles.

Oder beinahe alles.

Denn ich sah den Sandmann noch einmal wieder, viele Jahre später.

Ich träumte. In diesem Traum befand ich mich … überall. Es war verrückt. Da war eine Winterlandschaft und darin ein blasshäutiges Mädchen, wie in Eis gegossen, mit einer Axt in den Händen, und es verwandelte sich und wurde zu einem anderen Mädchen, rote Haare und ein wilder Blick, der mir ganz und gar nicht gefiel, genauso wenig wie die Axt, die jetzt in *ihren* Händen lag. Und dann war da ein Junge, der stand in einem Garten, hinter einem grauen Vorhang aus Regen, vor einer Art Fischteich oder so was – ich sah die Tropfen aufplatschen und hochfliegen und wieder aufplatschen. Und aus dem Teich wurde ein gewaltiger See, Schiffe darauf und so weiter, und dieser Junge wurde kleiner, jünger, verletzlicher. Ein Kind.

Szenenwechsel, zwei Typen jetzt in einem Auto auf schwarzer Straße, Scheinwerfer stachen in ein dichtes

Schneegestöber. Irgendwas stimmte mit den beiden nicht, stimmte ganz und gar nicht. Aber da verwandelten sich Fahrer und Beifahrer auch schon in zwei andere Jungen, und nun wurde die Sache vollends absurd, denn diese beiden neuen Jungen standen vor der Chinesischen Mauer und die endete, was weiß ich, irgendwo in der Wüste, jedenfalls nicht da, wo sie hingehörte, denn plötzlich erhoben sich Pyramiden aus orangerotem Wüstensand und davor stand ein blondes Mädchen mit blutenden Füßen, und es lag ein Rhythmus über all diesen Bildern wie Trommelklang, als klatschten, außerhalb der Szenerie, ein Haufen Leute anfeuernd in die Hände.

Ich weiß nicht, warum ich schrie.

Aber ich erwachte.

Und ich sah meinen alten Freund, den Sandmann.

Er stand am Fußende meines Bettes. Die vielen Jahre hatten ihn nicht verändert. Gekrümmt stand er, das Gesicht so runzlig, wie ich es in Erinnerung hatte … und dieser meerwasserblaue Blick. Langsam, als bereitete es ihm große Mühe, hob er eine Hand und winkte mir zu. Und ich folgte ihm, wie ich ihm schon einmal gefolgt war vor langer Zeit.

Sonne. Wasser. Ein Strand. Gemeinsam gingen wir am Rand des unendlichen Meeres spazieren, der Sandmann und ich. Wellenschwappen, der Himmel so blau, ein leuchtender Tag. Dieser gedrungene Mann an meiner Seite zeigte auf den Boden zu unseren Füßen. *Ob ihr es wisst oder nicht, früher oder später kommt jeder von euch hierher,* sagte er. *Ihr lauft über diesen Sand, mit dem ich seit Jahrhunderten eure Ungeheuer verjage. Eine Hand voll für jedes der Biester, mehr brauche ich nicht. Er sammelt sich hier, dieser Sand.* Wie beiläufig fügte er hinzu: *Du weißt, dass die anderen dich auch gesehen haben?*

Er verabschiedete sich von mir. Ich sah ihm nach. Seine Füße hinterließen keine Abdrücke im Sand.

Es war seltsam.

Pure Magie.

Ich weiß nicht, warum, aber ich wünschte, ich könnte mich an seine Stimme erinnern.

Na ja, wie auch immer: Der Sandmann existiert. Mag sein, ihr werdet ihn nie zu Gesicht bekommen. Oder ihr denkt, ihr seid zu alt für solchen Kinderkram. Doch lasst euch nicht täuschen. Der Sandmann existiert. Legt euch hin, schließt die Augen, schlaft ein. Lauscht euren Ängsten. Dann ist er da. Er steht vor eurem Bett, und dort wacht er. Wacht und wartet, wartet und wacht, voller Geduld, Stunde um Stunde, Traum um Traum. Die ganze Nacht über hält er die Hände zu Fäusten geballt, und zwischen den sechs Fingern jeder Hand rieselt Sand zu Boden.

Feiner Sand.

Manchmal kann man ihn sehen und fühlen, diesen Sand.

Manchmal ist da nicht mehr als ein entfernter Duft von Zimt und Orangen.

Und manchmal hat man weniger Angst.

HERBSTASTERN

Früher war das abgelegene, vor langer Zeit vom Angelverein erstandene Grundstück sein Lieblingsort gewesen. Wie ein spitzwinkliges Dreieck lag es in der Landschaft, von Hecken umstanden, die über die Jahre hinweg mehr als mannshoch gewachsen waren. Ansonsten gab es nur Wiesen und Felder hier draußen, keinen Menschen weit und breit. Die Hecken versperrten den Blick auf das Vereinshäuschen und auf den zum Fluss hin angelegten Teich. Vor allem aber verbargen sie den Garten vor den Blicken gelegentlicher Sonntagsspaziergänger; den großen Garten mit seinen alten Obstbäumen und den verwilderten Blumenbeeten, um den nie jemand sich wirklich gekümmert hatte. Herbstastern wuchsen in diesem Garten. Wegen der Astern waren sie hierher gekommen.

Nachdem sie auf der weitläufigen Wiese vor dem Grundstück geparkt und den Motor abgestellt hatten, schien das Trommeln des Regens auf dem Wagendach lauter geworden zu sein. Jule zog den Schlüssel aus dem Zündschloss. »Da wären wir also.«

Er nickte langsam. »Ja. Da wären wir.«

»Ich … kann noch nicht. Gib mir noch eine Minute, okay? Ich muss mich nur kurz daran gewöhnen, dass wir hier sind.« Sie lächelte ein wenig unschlüssig. »Ist ein komisches Gefühl, nach all den Jahren.«

»Kein Problem. Lass dir Zeit.«

»Aber ich komme mit«, verkündete Hendrik vom Rücksitz. »Wo ist der Teich? Sind da wirklich Fische drin?«

»Sei nicht so ungeduldig, Kleiner.«

»Ich bin kein Kleiner!«

Dennis grinste. »Dann eben nicht.«

Die Autoreifen hatten, wie er beim Aussteigen bemerkte, eine tiefe Doppelschneise im hohen Gras hinterlassen. Unter der Karosserie war ein Schaben wie von Armeen kleiner Tiere gewesen, die alle gleichzeitig versuchten, sich durch das Blech nach oben zu fressen. Es hatte nie eine anständige Zufahrt zum Grundstück gegeben. Immer hatten sich irgendwelche Landwirte oder Dorfbewohner dagegen gesperrt, die Besitzer der umliegenden Wiesen und Felder.

Er wartete, bis Hendrik aus dem Wagen gekrabbelt war, dann warf er die Beifahrertür hinter sich zu und atmete tief durch. Frühherbst. Es roch nach abgeflammten Feldern und frisch umgestochener Erde, dazu kam der satte, vom nahen Fluss herangetragene Duft des Uferröhrichts; schließlich das würzige Aroma verfaulenden Obstes, es stach vom Grundstück herüber durch die Hecken. Offenbar hatte niemand sich die Mühe gemacht, die Äpfel, Birnen und Pflaumen einzusammeln, die im Laufe des Sommers an den Bäumen gereift waren. Das Obst musste jetzt über den ganzen Garten verstreut liegen – sehen konnte man es nicht, dazu waren die Hecken zu hoch und zu dicht. Auch nichts dran gemacht, an den Hecken. Seit einer Ewigkeit nicht beschnitten.

Er drehte sich um, erstaunt darüber, wie vertraut ihm alles geblieben war. Weit hinten der aufgeschüttete Bahndamm, über den sie gekommen waren; da war der Weg noch befestigt. Ein paar hundert Meter weiter entfernt das Dorf, sichtbar nur die roten Häuserdächer, der Rest war verdeckt durch den Bahndamm. Die Dächer hatte er früher von hier aus nicht sehen können, fiel ihm ein, dazu war er zu klein gewesen. Nach links schlossen die Wiesen sich an, ein grüner Teppich löste den nächsten ab. An manchen Stellen war der Boden feuchter als an anderen, dort wuchs das Gras besonders dunkel und saftig. Zur Rechten schwangen Hügel sich auf, unten stand jetzt, das war neu, ein Klärwerk. Den gewundenen Weg, den der Fluss nahm, konnte man ebenfalls erkennen; abwechselnd drängten entlang seines Verlaufs auf beiden Uferseiten Pappeln und Erlen gegeneinander.

»Gehen wir endlich rein?«, quengelte Hendrik. »Ich werde ganz nass auf dem Kopf!«

»Du bist schon ganz nass.«

»Mir ist kalt außerdem.«

»Gleich.«

Nur ein paar Kilometer weiter flussabwärts, überlegte Dennis, musste irgendwo die Furt kommen, in der er als Kind einmal ein Mädchen mit dem Taschenmesser verletzt hatte. Kaum zu fassen, wie leichtsinnig er damals gewesen war. Ein Kind eben. Falls das Mädchen noch in der Stadt wohnte, schoss es ihm durch den Kopf, könnte er sie besuchen. Sich bei ihr entschuldigen. Damals hatte er es entweder nicht für nötig gehalten oder einfach den Mut nicht aufgebracht, er wusste es nicht mehr genau. Mein Gott, er war kaum älter gewesen, als Hendrik jetzt war, das alles lag so lange zurück. Und viel Zeit war ihm damals nicht geblieben. Etwa drei Monate nach dem Vorfall am Fluss hatte seine Mutter ihn und Jule geweckt, mitten in der Nacht. Nur zwei gepackte Koffer, das war alles. Raus in die Kälte, es hatte noch nicht geschneit, aber gerochen hatte es bereits nach Schnee. Kalt. Frostig. Anfang Dezember. Schlaftrunken ins Auto, eine lange, lange Fahrt. Wieder eingeschlafen, aufgewacht in einem neuen Leben.

Neben ihm kickte Hendrik gelangweilt nach einem imaginären Ball, sein Fuß durchpflügte das nasse Gras. Regentropfen nahmen unter seinen Tritten die falsche Richtung, sausten von unten nach oben, fielen wieder herab. Hendrik war der Einzige von ihnen, der Gummistiefel trug. Seltsam, überlegte Dennis, dass ausgerechnet sein kleiner Bruder der Vorausschauendste unter ihnen war. Fuhr von zu Hause weg, fuhr hunderte von Kilometern weit, und dachte daran, seine Gummistiefel mitzunehmen. Eigentlich hätte diese Rolle Jule zukommen müssen. Waren ältere Geschwister nicht dafür da, an alles zu denken?

»Den-ni-his!«, nörgelte Hendrik.

»Reg dich ab, okay?«

Auf dem Weg zur Gartentür sah er nach links, zum Fluss. Man ahnte nur wegen des beständigen, vom Regen fast übertönten Gluckerns und Plätscherns, dass er keine zwanzig Meter entfernt von der Hütte verlief. Goldrute und Springkraut wuchsen hoch an seinem Ufer, dazwischen graugrünes Schilf. Der Regen hatte alles zerhämmert, die Köpfe der Pflanzen hingen traurig und matt nach unten. Seit drei Tagen kam es nur so vom Himmel runter, es hatte ununterbrochen geschüttet, zu Hause schon. Gewitterwolken über dem ganzen Land, von Süden bis Norden. Man begann bereits zu vergessen, wie ein normaler, lichter Sommertag aussah. Wie Sonnenschein sich auf der Haut anfühlte. Einen ungünstigeren Zeitpunkt, hierher zu kommen, zum Häuschen, zum Fluss, auf diese Wiese, haben wir kaum erwischen können, dachte er.

Nun, man konnte sich eben nicht alles aussuchen. Er hoffte, dass die Herbstastern im Garten die Unwetter der letzten Tage besser überstanden hatten als die Pflanzen am Flussufer. Keine schöneren Blumen als diese gebe es auf der Welt, hatte sein Vater einmal gesagt. Dennis schloss die Gartentür auf, dann die Tür zur Hütte. Hendrik drängelte sich an ihm vorbei.

»Hey, Kleiner, wolltest du dir nicht den Teich angucken?«

»Nee, nicht mehr. Ich bleib hier, bis der Regen aufhört.«

»Da kannst du lange warten.«

»Mir doch egal.«

Es war auffallend aufgeräumt in der Hütte. Trübes Licht sickerte durch das einzige Fenster. Auf der Fensterbank scharten sich allerlei Nippes um einen vertrockneten Kaktus. Staub überall, eine millimeterfeine Schicht. An der rückwärtigen Wand standen ein Kühlschrank und eine kleine Spüle. Ein Tisch, zwei nüchterne Holzstühle, ein alter Sessel mit zerschlissenem Polster. Das Sofa mit den geschwungenen Lehnen stand da, wo es immer gestanden hatte. Neu bezogen irgendwann, stellte er fest, mit billigem Stoff. Rechts davon, auf dem Fußboden, stapelten sich Zeitschriften: *Der Blinker, Fisch und Fang.* Dazwischen *Wochenend, Neue Revue,* der *Stern.* Genau wie früher. Zahllose Urkunden und Fotografien schmückten die Wände. Und überall dazwischen hingen präparierte Fischköpfe. Sie stachen aus dem Mauerwerk. Als Kind hatte er geglaubt, ihre Körper seien dahinter versteckt, ragten tief in die Wand, so dass auf der Außenseite des Hauses ihre Schwänze herausschauen mussten. An die zwei Dutzend mochten es sein. Alle mit weit aufgerissenen starren Mäulern, die nadelspitze, gefährlich wirkende Zähne entblößten. Hechte vor allem, ein paar Zander, ein einzelner mächtiger Barschkopf. Gelbgrüne Glasaugen starrten ins Leere.

»Viele Fische«, sagte Hendrik.

»Mhm.«

Dennis betrachtete neugierig die alten Fotos. Manche der

darauf abgebildeten Gesichter kamen ihm vage bekannt vor. Er versuchte, sich an die dazugehörigen Namen zu erinnern. Nichts. Eigentlich interessierten sie ihn auch nicht, diese vergessenen Gesichter. Er suchte nach etwas anderem, nach einem ganz speziellen Foto. Seine Augen huschten von links nach rechts, auf und ab. Da war es. Er hatte zu weit oben danach gesucht, ganz automatisch. Als Kind hatte er immer ein wenig aufschauen müssen, um es zu betrachten. Aber jetzt ... Mit jedem Zentimeter, den du wächst, dachte er, verändert sich dein Bild von der Welt. Er schloss die Augen, öffnete sie wieder.

Gelb vom Rauch unzähliger Zigaretten und ein wenig verblasst war das Foto. Schwarzweiß. Das einzige existierende Bild, das ihn gemeinsam mit seinem Vater zeigte. Er konnte sich nicht entsinnen, wann es aufgenommen worden war oder von wem. Der Junge auf dem Bild musste sechs oder sieben Jahre alt sein. Der Fisch, den der Vater geangelt hatte, war von erbärmlichen Maßen, doch der Kleine war sich dessen nicht bewusst. Er hielt das tote Tier mit der traurig herabhängenden Schwanzflosse auf beiden Händen der Kamera entgegen, als wäre es die großartigste Trophäe der Welt. Sein Vater war ein Held.

»Hey, hier ist ein Radio!«, rief Hendrik hinter ihm begeistert.

»Mach ruhig an«, sagte Dennis abwesend. Er studierte den Fisch. Es war ein ... Schwierig, schwarzweiß. Und es war ewig her, dass er die Namen von Fischen hatte aufsagen können wie das kleine Einmaleins. Ein Karpfen? Eine Schleie, ein Döbel? Oder doch nur eine Barbe? Eine Hand des Mannes auf dem Foto lag auf der Schulter des Jungen. Der Junge sollte eigentlich allen Grund haben zu lächeln, tat es aber nicht. Für ein Kind sah er zu ernst aus, die hellen, kaum sichtbaren Augenbrauen waren zusammengezogen. Skepsis oder Misstrauen. Der Vater lachte, war aber nicht ganz bei der Sache. Er sah irgendetwas an, das sich hinter dem Fotografen befand.

Dennis fuhr zusammen, als das Radio losdröhnte. Er wirbelte herum. Hendrik blickte schuldbewusst zu ihm auf. »Ehm ... Soll ich's lieber wieder ausmachen?«

»Nee, ist okay. Such einen besseren Sender, hm? Ich geh mal raus und gucke, wo Jule bleibt.«

»Ist gut.«

Das zufriedene Summen seines Bruders begleitete ihn zur Tür hinaus. Jule stand am Teich und starrte auf das Wasser. Der Regen hatte den Boden völlig aufgeweicht, um jeden ihrer Füße hatte sich eine kleine Pfütze gesammelt. Dennis hätte sie gern umarmt, wusste aber, wie unwirsch sie auf so etwas reagierte. Und wie umarmte man die eigene Schwester? O Gott, was für bescheuerte Fragen einem durch den Kopf gehen konnten.

»Und?«, sagte er, als er neben ihr stand. »Hast du nach den Astern geschaut?«

»Sie sind wunderbar.« Ihre Stimme durchdrang kaum das Rauschen des Regens.

»Wie viele nehmen wir mit?«

Ein Achselzucken. »Keine Ahnung. Wie viele werden wir wohl brauchen?«

»Weiß ich auch nicht.«

»Na ja. Am besten jede Menge. Was macht Hendrik?«

»Kramt so rum.«

»Er versteht das alles nicht, was meinst du?«

»Möglich.« Eine Pause entstand. Regentropfen klatschten auf den Teich, verwandelten die Oberfläche in einen sprühenden Teppich, in eine sich jede Sekunde neu formierende Kraterlandschaft. Wasserlinsen trieben hin und her wie aufgeregte, winzige grüne Boote. Irgendwo quakte eine Ente.

»Willst du nicht reinkommen?«, fragte er.

»Nein.« Jule steckte die Hände in die Hosentaschen. »Ich fühl mich ganz wohl hier.«

»Du wirst dich erkälten.«

»Nein, werde ich nicht. Ich war noch nie erkältet.«

»An was denkst du?«

»Alles Mögliche.« Sie wandte sich ihm zu. Sie hatte geweint. Merkwürdig, dass man Tränen von Regentropfen unterscheiden konnte. »Lass mich einfach. Ist schon alles in Ordnung.«

»Die Astern –«

Sie winkte ab. »Pflücke ich gleich. Kümmer dich um Hendrik. Wer weiß, was der in der Hütte anstellt.«

»Er wird die schweinischen Zeitungen rauskramen und sich die nackten Frauen angucken.«

»Pornos etwa?«

»Quatsch. Nur Zeitungen.«

»Na ja. Solange er keine Streichhölzer findet und rumzündelt.«

»Abbrennen kann die Hütte nicht, schätze ich. Bei dem Regen.«

»Ja. Schlimm.«

Er ging zurück in die Hütte. Hendrik hatte einen alten Comic, den das Kind irgendeines Vereinsmitglieds hier vergessen haben musste, aus dem Zeitschriftenstapel gefischt und saß damit auf dem abgehalfterten Sessel. Er sah kurz auf, als Dennis eintrat, steckte dann einen Daumen in den Mund und las weiter. Er würde genervt reagieren, wenn Dennis ihn auf den Daumen im Mund aufmerksam machte, also wozu? Das Radio plärrte. Ein Werbejingle wurde eingespielt. Regen prasselte auf das Hüttendach. Man konnte sich verlieren in diesem monotonen Geräusch, wenn man ihm zu lange lauschte. Es war hypnotisch. Mann, wenn doch dieser Regen endlich aufhörte.

Er widmete sich erneut dem Foto. Dieser Fisch … Ja, definitiv eine Schleie. Wie hatte er die typischen wulstigen Lippen bloß vergessen können, die dunkle Färbung der Schuppen? Er hatte sich so gut ausgekannt. Hatte seinen Vater hundert Mal zum Angeln begleitet, wenn nicht öfter. Gute Ausflüge waren das gewesen, jedenfalls die meisten. Selten hatten sie geredet, gar nicht, eigentlich, worüber auch? Männer unter sich, so nannte man das wohl. Er wollte grinsen. Es gelang ihm nicht.

Wie alt war ich gewesen, überlegte er, als ich Papa das letzte Mal zum Angeln begleitet habe? Acht Jahre alt. Welcher Monat ist gewesen, Juli oder August? Eher August. Ja, genau. Spätsommer. Etwas früher als jetzt. Wir sind vormittags aufgebrochen, am Wochenende. Samstag. Wir haben auf dem Fels am See gesessen, praktisch den ganzen Tag lang, und kein Fisch hat angebissen. Total tote Hose.

Über beinahe acht Stunden hinweg hatte Dennis die Laune seines Vaters stufenweise in den Keller rutschen sehen. Viel Aussicht auf Erfolg bestand inzwischen wirklich nicht mehr. Der Nachmittag schlich seinem Ende entgegen, dann stand die Fahrt nach Hause an. Die würde eine weitere gute Stunde dauern. Bis sie daheim ankamen, würde es dunkel sein. Er hatte solchen Hunger. Eigentlich müsste sein Vater hören, wie ihm der Magen knurrte. Das letzte Brot hatte er schon vor drei Stunden verdrückt, den letzten Apfel vor zwei. Vielleicht hätte er bei seiner Mutter bleiben sollen, die hätte ihn sicher fernsehen lassen.

Auf der Hinfahrt war sein Vater noch bester Stimmung gewesen. Da hatte er erzählt, wie der Dieter Ferchlandt neulich einen kapitalen Hecht gezogen hatte und wie er von allen Freunden aus dem Verein wahnsinnig dafür bewundert worden war. Ausgerechnet der Ferchlandt, diese Niete! Die würden schon bald sehen, dass andere Männer auch ordentlich zu angeln verstanden. Augen würden die machen, groß wie Untertassen. Die würden schon sehen. Wer war schon Dieter Ferchlandt?

Wo der See begann, beim Angelladen der alten Frau Hembach, hatte er dann angehalten, um eine nagelneue Rolle zu kaufen. Dazu zweihundert Meter beste Schnur, ein paar Köderfische, zwei Sechserpacks Bier. Teuer sei die Rolle, hatte Dennis die alte Frau Hembach sagen hören, aber ihr Geld wert. Das würde seiner Mutter nicht gefallen, das mit der Rolle, sie rechnete zu Hause mit jedem Pfennig. Allerdings war es eher unwahrscheinlich, dass sie es überhaupt herausbekommen würde.

Und nun diese Pleite.

Der See war spiegelglatt. Ab und zu zogen Segelboote vorüber, dümpelten lustlos dahin in der Flaute. Vom Ufer hielten sie Abstand. Fünf oder sechs zählte Dennis, das waren nicht viele. Das Wetter war nicht nach Segeln. Und die Saison war ohnehin bald vorbei. Im Spätsommer war hier nur noch wenig los. Bald schon würde der See abgelassen, der Pegel stand schon jetzt niedriger als gewohnt. Vom kiesigen Felsvorsprung, auf dem er und sein Vater saßen, bis hinunter zum Wasser waren es drei oder vier Meter. Da musste man aufpassen, dass man dem Rand nicht zu nahe kam, abglitt und hinunterstürzte.

Sein Vater erhob sich aus seinem Campingstuhl, holte langsam eine der beiden Angeln ein, löste den alten Köderfisch, warf ihn achtlos in den See. Er griff in den Keschereimer, holte einen größeren Fisch heraus und zog ihn auf. Der Fisch zappel-

te, als ihm, von hinten nach vorn, die lange Nadel mit dem silbernen Vorfach unterm Rückgrat entlangfuhr, seine Kiemen klappten schnell auf und wieder zu. Ein Drilling wurde befestigt, die Angelrute holte aus. In silbernem Bogen sauste der Fisch durch die Luft, traf aufs Wasser, tauchte unter. War verschwunden. Einen Augenblick später zog der Schwimmer langsam nach links, dann nach rechts, kam schließlich zur Ruhe. Sein Vater brummte etwas Unverständliches, setzte sich wieder hin und blickte auf den See. Was dachte der wohl in all dieser Zeit? Man konnte auf das Wasser gucken und an gar nichts denken, war Dennis irgendwann aufgefallen. Dann war man wie verzaubert. Ging es seinem Vater genauso? War auch er verzaubert? War er auf dem Mond in Gedanken, oder in Amerika? Am Südpol?

Etwa zehn Minuten mochten vergangen sein, als plötzlich Bewegung in den Schwimmer kam. Er zog vom Ufer fort nach draußen, ganz rasch, viel schneller, als der kraftlose kleine Köderfisch dies schaffen könnte. Dennis bemerkte, wie plötzliche Hitze seinen Körper durchströmte. Er sah zu seinem Vater. Der hatte sich halb aus seinem Stuhl erhoben, angespannt, die Augen zusammengekniffen. Anbiss, dachte Dennis jubelnd, Anbiss!

Was hab ich gemacht, was hab ich gemacht an all diesen Nachmittagen am See? Immer nur dagesessen, auf das Wasser gestarrt, auf den Schwimmer, und dabei gehofft, dass etwas passiert? An nichts gedacht, so wie er? An den Scheißsüdpol? Ist das wirklich so aufregend gewesen? Papa hat so gut wie nie mit mir gesprochen. Sobald wir aus dem Wagen draußen waren, alles runtergeschleppt hatten auf den Fels, sobald die Angeln fertig gemacht und ausgeworfen waren, hat Ruhe geherrscht. Acht Jahre alt bin ich gewesen. Wie viel länger hätte ich das noch mitgemacht? Wann hätte ich die Stille nicht mehr ertragen, wann zu reden begonnen? Hätte sich dadurch überhaupt etwas verändert? So, wie ich aus meinem Schweigen herausgewachsen wäre, wäre er vielleicht in derselben Zeit immer weiter in seines hineingewachsen, oder?

Damals hat mir das Schweigen noch gefallen. Die Ruhe. Der stille See. Hin und wieder hat ein Windstoß kleine Wellen darüber gejagt. Und wie der Himmel sich darin spiegelte, blassblau. Und die Wolken ganz zerfasert, als hätte man sie mit einer großen Gabel zerkratzt. Ja, daran erinnere ich mich am besten, an die Farbe des Himmels. Oder die Bäume am Ufer: grün und an den Rändern schon von leichtem Gelb das Laub. Eine eigene Angelrute hätte ich gern besessen, damals, ja, jetzt fällt's mir wieder ein, das weiß ich noch. Mann, eine eigene Rute! Die hatte ich mir zu Weihnachten gewünscht. Bloß vier gute Monate wären es bis dahin noch gewesen. Aber es hat kein gemeinsames Weihnachtsfest mehr gegeben.

Und Papas schreckliche Wut, von der ich an diesem Nachmittag bemerkte, wie sie sich langsam aufbaute, nachdem der Scheißfisch ihm durch die Lappen gegangen war? Was habe ich damals gedacht, als ich diese Wut spürte, die plötzlich so greifbar in der Luft lag? Hab ich ein Bild von ihr gehabt, von dieser Wut, hab ich ihr einen Namen geben können? Sicher nicht. Ich hab sie nur gespürt. Und dieses Spüren ist viel unmittelbarer gewesen als ein Bild, und so viel schlimmer. Ein Bild hätte dem Schrecken konkrete Umrisse gegeben, und diese Umrisse hätte ich anderen, mir schon bekannten Bildern zuordnen können. Ich hätte sie benennen können. Über etwas, das einen Namen besitzt, kann man Macht gewinnen. Damit kann man den Schrecken auf

Abstand halten. Aber ich habe nichts benannt damals, ich habe nichts bebildert. Ich habe nur gespürt.

Heute habe ich ein Bild: das des steten Tropfens, der den Stein höhlt. Jeder einzelne Tropfen hat eine Spur nicht nur in Papas Gesicht hinterlassen, das immer düsterer wurde, sondern auch in seiner Körperhaltung – eine winzige Veränderung im Zusammenspiel seiner Muskeln, von denen er gar nicht merkte, wie sie unwillkürlich kontrahierten. Sein ganzer Körper schien sich in solchen Momenten anzuspannen wie eine Metallfeder, spannte sich an zur geduckten Haltung eines Raubtiers vor dem Sprung. Ja, diese Wut, das ist das Bild: ein sich leise aus dem Hinterhalt anschleichendes Raubtier. Irgendein beliebiger, Papa verärgernder Auslöser setzte eine Kettenreaktion in Gang, die sich wie im tiefen Inneren eines Reaktors vollzog: unsichtbar, unhörbar, zu erkennen nur an Gestik und Mimik.

Ein Tier auf dem Sprung.

Eine Bestie.

Dennis beobachtete mit angestrengtem Blick den Schwimmer. Der signalrote Kopf war bereits zum dritten Mal unter die Wasseroberfläche gedippt. Jedes Mal entstanden dabei konzentrische kleine Ringe, die zitternd über das Wasser liefen. Sein Vater stand dicht am Rand des Felsens, angespannt, die Angelrute eine perfekte, geradlinige Verlängerung der ausgestreckten Arme. Die Schnur war bereits so weit aufgerollt, dass der Fisch, sobald er abtauchte, von selbst bemerken würde, in welcher Misere er steckte.

»Willst du nicht anschlagen?«, fragte Dennis.

»Gleich«, murmelte sein Vater. Tat es aber dann sofort; die Angel zuckte nach oben, die Leine spannte stramm, die Spitze der Rute bog sich ruckartig nach unten durch.

»Lass Schnur!«, schrie Dennis aufgeregt.

Sein Vater tat es; klappte den Bügel der Rolle auf, ließ zu, dass der in Panik davonschwimmende große Fisch – und wie groß würde der sein, dem Ferchlandt würden sie es schon zeigen! – einen Teil Leine hinter sich herzog, sperrte den Hebel, zog erneut an. Röte war in sein Gesicht geschossen.

Dennis turnte begeistert herum, geriet so nah an den Abhang, dass er beinahe abgeglitten wäre. Ein paar Kiesel lösten sich unter den Sohlen seiner Schuhe, fielen über den Rand und klatschten unten auf das Wasser.

»Pass doch auf!«, brüllte sein Vater.

»Entschuldigung.«

»Pflanz dich auf deinen verdammten Arsch!«

Dennis sprang zurück und setzte sich auf seinen Campingstuhl. Sein Vater redete weiter, jetzt wieder ganz ruhig, von einem Moment auf den anderen.

»Du musst ihn müde kämpfen, weißt du. Das ist die ganze Kunst. Du gibst ihm Schnur, er macht sich davon, verbraucht Kraft. Du ziehst an, er beginnt zu kämpfen, zuckt und windet sich, das kostet ihn ebenfalls Kraft. Du musst ihn einfach müde kämpfen.«

»Es tut ihm weh«, sagte Dennis. Er stellte sich das Gefühl vor, einen Haken im Hals zu haben, etwas in seinem Fleisch Versenktes, das ihn zog und wieder losließ, immer wieder zog und losließ, bis er müde wurde, bis er es nicht mehr aushielt vor Schmerzen, bis er nachgab oder einfach tot war.

»Fische haben keine Nerven wie wir«, erwiderte sein Vater. »Denen tut nichts weh. Die sind stumpf.«

Dennis war davon nicht sonderlich überzeugt. Er sah die wild klappenden Kiemen des Köderfischs vor sich, die hervortretenden Augen, gelbgrün, die Pupillen, schwarz. Fische konnten die Augen nicht schließen.

»Der Aal, der macht es geschickt.« Während er sprach, zog sein Vater die Leine erneut auf Spannung, beugte sich vor, beugte sich zurück, ging in die Knie, kam wieder hoch. Seine Bewegungen glichen einem seltsamen Tanz, einem Sichwiegen mit einem unsichtbaren Partner. »Der taucht ab und zieht sich rückwärts in ein Loch zurück, der Aal. Oder in einen engen Spalt zwischen zwei Steinen. Verkrampft sich, der ganze lange Körper ist ein einziger Muskel. Da kannst du ziehen, was das Zeug hält, wenn der nicht will, dann will er nicht. Kann ewig dauern, den weich zu kriegen. Stunden! Und wenn du Pech hast, beißt er in der Zeit die Schnur durch. Aale haben sehr feine Zähne, da vertu dich mal bloß – Scheiße!«

Ein peitschender Schlag war über den See gezuckt. Die Schnur schnellte aus dem Wasser. Der Schwimmer schoss durch die Luft, mit einem hohen Sirren sauste er dicht an Dennis' Kopf vorbei. Sein Vater stolperte drei Schritte nach hinten, immer noch fluchend.

Dennis schluckte das in ihm aufsteigende Lachen rasch hinunter. Ohne Strafe würde er nicht davonkommen, wenn er jetzt laut lachte. Dabei war es doch witzig gewesen, dass genau in dem Moment, als sein Vater davon gesprochen hatte, wie ein Aal sich losbeißt vom Haken, der Fisch da unten im See genau das getan, nämlich sich losgebissen hatte. Der schwamm jetzt für immer mit einem Haken im Maul herum. Vielleicht hing ein Stück Schnur zwischen seinen Kiefern heraus, auch für immer. Andere Fische würden ihn auslachen.

Er wollte so gern lachen.

Sein Vater saß plötzlich wieder auf dem Campingstuhl, schweigend, die Lippen wie mit Alleskleber versiegelt. Er flickte die Schnur, befestigte ein neues Vorfach, zog Blei auf, nahm sogar einen nagelneuen Schwimmer, als habe der alte ihm Unglück gebracht. Doch der Schwung war draußen, er war jetzt wütend, konnte sich nicht mehr konzentrieren. Bald würden sie ohnehin nach Hause fahren müssen, dachte Dennis. Nach den letzten – er äugte in die offene, zwischen den Klappstühlen stehende Kühltasche – nach den letzten drei Flaschen Bier.

Warum habe ich ihn überhaupt geliebt? Ist das was Automatisches, dass man seinen Vater als Kind liebt, auch wenn er ein Arschloch ist? Hab ich ihn, wenn er auf Montage war, wirklich vermisst? Mama sagt, ich hätte dann oft nach ihm gejammert. Aber warum? Was habe ich von ihm gewollt? Ich weiß noch genau, wie es sich anfühlte, wenn er mich mal streichelte. Es war ein schlechtes Gefühl. Als wäre etwas daran falsch. Aufgesetzt. Es war nicht wirklich, dieses Streicheln. Es kam nicht von Herzen. Es war das Streicheln einer Maschine, es war wie Gift. Vielleicht hatte Papa kein Herz. Oder es war kaputt. Irgendwann zerbrochen. Woran? Oder zerschlagen. Von wem?

Jule und ich haben auch ab und zu eine abgekriegt, wenn auch nicht so schlimm wie Mama. Wer Schlägen ausweicht, lernt sich zu ducken. Ich muss lernen, mich besser zu wehren. Was haben wir ihm bloß angetan, dass er uns so wenig geliebt hat? Oder, falls er uns doch geliebt hat, er das nicht zeigen konnte? Irgendwas haben wir falsch gemacht. Wir Kinder sind in seinen Erwachsenenkopf einfach nie reingekommen. Aber wofür überhaupt, wofür hätten wir da reinschauen sollen? Mann, es wäre dadrin garantiert beschissen dunkel gewesen! Aber er hat uns geliebt, oder? Er muss uns geliebt haben. Ich habe ihn doch auch geliebt …

Es roch gut, als sie zu Hause ankamen. Nach Kuchen. Der süße Duft erfüllte das ganze Haus, die Luft trug ihn wie ein Verspre-

chen, er lockte Dennis und seinen Vater in die Küche. Dennis spürte das Knurren seines Magens. Es war dieses hohle, hungrige Gefühl, auf das er sich während der schweigenden Heimfahrt konzentriert hatte.

Auf dem Küchentisch thronte eine Butterkremtorte. Für einen erschreckten Moment dachte er, er habe den Geburtstag seiner Mutter oder seines Vaters vergessen. Oder den von Jule. In seinem Kopf trudelten Kalenderblätter durcheinander, zogen Monate vorbei und einzelne Tage. Nein, kein Geburtstag. Er hatte nichts vergessen.

»Na, ihr beiden Angler, was gefangen?« Seine Mutter zeigte auf den Tisch. Ihre Augen strahlten. Der Kuchen war außen mit weißer Krem bestrichen, verziert mit kunstvoll gedrehten Schnörkeln und Tupfern aus Schokolade. »Ich dachte, ich gönn uns mal was für den Sonntag. Ich weiß, wir können es uns eigentlich nicht leisten, aber –«

»Ist Bier im Kühlschrank?«, fragte sein Vater.

Normalerweise ist Mama vorsichtiger gewesen. Sie hatte viel früher als ich Papas Körpersprache zu lesen gelernt. Das Erste, was sie tat, wenn er irgendwo aufkreuzte, war, in sein Gesicht zu blicken. Dann auf seine Hände, auch auf die Schultern. Hin und her jagte ihr Blick. Ihre Lippen waren dabei immer zu schmal, ein bisschen sah es jedes Mal so aus, als würde sie angestrengt nachdenken. Ein bisschen sah es jedes Mal so aus, als habe sie Angst.

Aber an jenem Abend hat sie es nicht getan. Da hat sie weder seine Körpersprache gelesen noch nachgedacht. Hat ihm nicht mal ins Gesicht gesehen. Warum nicht? Vielleicht hat sie sich zu sehr über den gelungenen Kuchen gefreut oder auf den Sonntag, vielleicht auch über das Wetter oder, mein Gott, vielleicht einfach darüber, dass vor einer Minute irgendein bunter Käfer vor dem Küchenfenster vorbeigezischt war. Ich werde nie verstehen, aus welchen Quellen sie die Kraft bezogen hat, die sie für ein Lächeln aufwenden musste, wie sie es an diesem Tag mir und Papa schenkte, als wir in die Küche kamen. Manchmal glaube ich, dass die Quelle ihrer Kraft nichts anderes gewesen ist als Dummheit. Schließlich war sie auch dumm genug gewesen, diesen Mann zu heiraten. Oder zumindest dumm genug, bei ihm zu bleiben, nachdem er sie zum ersten Mal verprügelt hatte. Dann zum zweiten Mal. Dann zum dritten Mal, was in etwa auch der Moment gewesen sein dürfte, in dem sie beschloss, einfach nicht mehr mitzuzählen. Vielleicht ist es auch irgendetwas anderes gewesen, etwas, das ich einfach noch nicht verstehen kann. Schließlich hat sie Papa geliebt. Und er hat ihre Liebe erwidert, auf seine Art. Hat sie ihr bröckchenweise verabreicht, seine kranke Liebe oder das, was dafür durchging, bröckchenweise wie einen Köder. Hat seine Frau müde gekämpft, indem er die Leine mal fester gespannt, mal lockerer gelassen hat. Indem er mal zog, mal losließ.

»Da guckst du, hm?« Aus der Stimme seiner Mutter sprach Stolz. »Den werdet ihr mögen. Der Boden ist nicht gekauft, den hab ich selbst gemacht. Sind gute Eier drin.«

»Ob Bier im Kühlschrank ist«, knurrte sein Vater.

»Mit viel Schokolade in der Krem.« Dennis fühlte eine Hand über seinen Kopf fahren, seine Haare glätten. »Das magst du doch, oder?«

»Was ist mit meinem Bier?«

»Ja doch, gleich«, sagte seine Mutter mit einem achtlosen Seitenblick. Sie beugte sich zu Dennis herab und hielt ihm die Rührschüssel entgegen. »Hier, hab ich dir übrig gelassen zum Auslecken, du Süßmaul. Jule wollte nicht und ich hab –«

Der erste Schlag kam so schnell, so absolut unerwartet, dass auch Dennis erschreckt aufschrie. Die Rührschüssel flog gegen die nächste Wand. Braune Spritzer auf dem hellen Blumenmuster. Seine Mutter war zur Seite umgeknickt. Ihre Augen waren weit aufgerissen, ungläubig. Ein Arm ruderte wild durch die Luft, eine Hand streckte sich nach Halt suchend der Küchenzeile entgegen. Die Schüssel kullerte über den Fliesenboden. Unter dem zweiten Schlag ging seine Mutter in die Knie. Sein Vater drosch weiter auf sie ein, fester jetzt, gründlich, systematisch, holte mit links aus, mit rechts, kein Wort kam dabei über die zusammengepressten Lippen. Und seine Mutter schrie und hielt sich den Kopf mit den Händen, und Dennis weinte, er warf sich seinem Vater an die Beine, umklammerte sie und schrie: Lass sie doch! Lass sie doch! Hör auf!, und die Welt drehte sich weiter, sie drehte sich einfach weiter, lass sie doch, bitte, Papa!, sie drehte sich, drehte sich, drehte sich um ihre eigene Achse, bis er drei Tage später in der Furt des Flusses stand und das Mädchen angriff, ihm sein Taschenmesser in die Schulterbeuge trieb, denn die Welt drehte sich, sie drehte sich und irgendwer musste bezahlen.

So einfach war das, und so schrecklich.

Irgendwer musste immer bezahlen.

»Warum heulst du denn?«, fragte Hendrik. Er hatte sich neben Dennis gestellt, ihn tröstend beim Arm gefasst, sah an ihm hoch. »Es ist ganz schlimm, oder?«

Dennis streichelte seine Hand. Wie konnte jemand bloß so kleine Hände haben? »Geht so«, sagte er.

»Ist das Papa?« Hendrik zeigte auf das Foto.

»Ja, das ist Papa. Das daneben bin ich.«

»Du siehst witzig aus«, bemerkte Hendrik trocken. Er hatte sich vorgebeugt und musterte intensiv den Jungen, der den Fisch auf den Händen hielt wie auf einem Tablett. Der Mann daneben interessierte ihn nicht.

»Wart mal, bis du größer bist.« Dennis fuhr sich mit einer Hand über die Augen, dann über die Nase. »Dann lachst du dich auch tot über alte Bilder von dir.«

»Wie meine Babybilder«, sagte Hendrik.

»Genau. Wie deine Babybilder.«

Seine Mutter war im vierten Monat mit Hendrik schwanger gewesen, als sein Vater sie zum letzten Mal verprügelt hatte. Auslöser genug, um sich endlich aus dem Staub zu machen. Hendrik hatte seinen Vater nie kennen gelernt. Und dieser Mann, überlegte Dennis jetzt, dieser Mann, der stark genug gewesen ist, seine Frau zusammenzuschlagen, und den ich, seit wir damals abgehauen sind, nur ein einziges Mal wieder gesehen habe, dieser Mann hat nicht die Kraft besessen, seine Frau und seine Kinder für sich zurückzugewinnen. Hat nicht mal den Versuch unternommen. Ist nur noch allein zum Angeln gegangen. Hat irgendwann begonnen, nicht mehr zwei Sechserpacks Bier mitzunehmen, sondern vier. Dann das Bier eingetauscht gegen stärkere Sachen und, hey, das wäre mal eine interessante Aufgabe für den Matheunterricht: Wie viele Flaschen mit wievielprozentigem Alkohol benötigt man täglich, dies unter Einbeziehung des Körpergewichts sowie, auf Grund des Gewöhnungseffekts, in progressiv kürzer werdenden Abständen, um sein Selbstmitleid zu ertränken?

»Gängstaräpp!«, krähte Hendrik begeistert.

»Was?«

»Der *Gangsta' Rap*«, betonte Hendrik sorgfältig. »Im Radio. Das Lied aus dem Film. Kennst du doch.«

»Klar kenn ich den.«

»Gehst du mit mir ins Kino, wenn wir wieder zu Hause sind? Bitte! Guckst du dir mit mir den Film an?«

»Der ist ab sechzehn, du Dummnase, und du könntest nicht mal den Titel richtig aussprechen! Dreh mal richtig auf.«

Die Musik war so laut, dass sie bis hinaus in den Garten dröhnte. Dennis ging zum Teich. Plötzlich kam ihm alles unwirklich vor. Das Grün der Bäume war zu intensiv, es schmerzte in seinen Augen; der Himmel erschien ihm nicht mehr grau, sondern stumpf und metallen. Viel zu viele Geräusche auf einmal, und zu laut, das Radio. Der Regen klang wie das weiße Rauschen eines Fernsehers, der keinen Sender empfing. Kein Bild. Was machte er hier? Warum war er nicht zu Hause? Was war überhaupt noch wichtig, was unwichtig?

Da gab es dieses Mädchen an seiner Schule, Merle. Warum hatte er sie nicht längst angesprochen, sie auf sich aufmerksam gemacht? Für einen kurzen Moment gab er sich dem Gedanken hin, genau das zu tun, wenn er wieder daheim war, Merle anzusprechen, ihr zu sagen, dass sie aussah wie der Sommer, wie ein *anderer* Sommer. Nicht wie dieser hier mit seinem Regen und mit seinen verblichenen alten Fotos, mit seinen erschreckenden Erinnerungen, mit seinen Herbstastern. Er sah schon von weitem, dass Jule sich keinen Millimeter von der Stelle bewegt hatte. Sie stand noch immer am Teich. Vermutlich würde es also an ihm hängen bleiben, die verdammten Astern zu pflücken.

Jule … Wo war sie gewesen an jenem Tag nach dem Angeln? Er wusste es nicht mehr. Vielleicht hatte er es nie gewusst. War es überhaupt wichtig? Jule war drei Jahre älter als er. Kannte damit drei Jahre mehr Angst, besaß drei Jahre mehr Erinnerung, hatte drei Jahre länger als er nachts schlecht geschlafen, denn wie sollte man schlafen, wenn jederzeit ein wildes Tier aufbrüllen konnte? Sie hatte nie mit ihm darüber geredet, wie das Leben mit ihrem Vater für sie gewesen war, was es für sie bedeutet hatte, ihn zu verlassen. Jule stand vor dem Teich wie ein in den Boden gerammter Pflock.

»Wie geht's deiner Schwester?«

»Gut.«

»War ein hübsches Kind. Ein hübsches Kind.«

»Ist sie immer noch.«

»Meine Tochter.« Der Mann schüttelte den Kopf, wie in fassungsloser Bewunderung. Seine Haare waren dünner geworden, oben auf dem Schädel hatten sie sich gelichtet, kreisrund. Die Augen waren trübe, gelblich.

»Bist groß geworden«, sagte der Mann. »Gehst noch zur Schule, oder?«

»Ich bin dreizehn. Logisch geht man da noch zur Schule.«

»Ja. Logisch.«

Sein Vater setzte die Bierflasche an den Mund. Er stank. Die ganze Wohnung stank. Nach ranzigem Schweiß, nach Alkohol, nach vergammeltem Essen. Dennis sah sich um. Die Küche war noch genauso eingerichtet wie früher. Die Spüle war sauber.

»Nun sag ich dir mal, was deine Mutter für eine ist.« Die Flasche knallte mit einem trockenen Geräusch auf den Tisch. Dennis zuckte zusammen. »Hörst du, Junge?«

Dennis nickte. Keine Frage nach Hendrik. Ihm schoss durch den Kopf, dass seine Mutter ihm damals, vor der Flucht in ein neues Leben, womöglich gar nicht gesagt hatte –

»Ein Mann muss der Wahrheit ins Gesicht blicken, verstehst du?«

»Ja.«

»Manchmal ist das bitter. Deine Mutter, zum Beispiel …« *Ein kurzes Schweigen, dann ein irritierender Themenwechsel. »Dachte, es wäre einer vom Amt, als es klingelte. Stattdessen ist es mein Sohn.« Er sah Dennis an, grinste. Er musste sich gestern rasiert haben. Saubere Klamotten. Die blitzblanke Spüle. Vielleicht, weil er auf jemanden vom Amt wartete. Was für ein Amt? Aber er stank. Unerträglich, dieser Gestank …*

»Warst ein guter Angler früher. Ein guter kleiner Angler.«

Dennis rutschte unbehaglich auf dem Stuhl hin und her. Er sagte: »Ich muss bald wieder los.«

»Bist mit der Bahn gekommen, he?«

»Getrampt.«

»Sind nur Wichser unterwegs! Lass dich von keinem anmachen, hörst du?«

»Keine Sorge.«

Eine Pause entstand, quälende Sekunden, die zu nichts gerannen, zu Zeitlosigkeit. Ganz gleich, ob er sofort ging oder blieb, dachte Dennis, es machte keinen Unterschied. Sein Vater würde auch in einer Stunde noch hier sitzen, morgen noch, in einer Woche, nächsten Monat. Die Wohnung war ein Gefängnis. Das Trinken war ein Gefängnis. Der Kopf seines Vaters war ein Gefängnis. Wachs, Bernstein, Kunstharz. In seinem Rachen steckte ein Haken, den er selbst ausgeworfen hatte. Ja, so war es. Sein Vater hatte sich selber an der Leine, zog und ließ los, zog und ließ los …

»Die ist eine Hure.«

»Was?«

»Deine Mutter.«

»Das stimmt nicht.«

»Eine verdammte Hure.«

Zeit zu gehen, dachte Dennis. Ich muss hier raus. Ich will hier weg. Ich hätte nie kommen dürfen. Mama wird sich Sorgen machen.

»Warum hast du sie verprügelt?«

»Hab sie nicht verprügelt. Ich doch nicht! Nicht mal angefasst hab ich sie.« Sein Vater begann zu weinen. »Sitzen gelassen hat sie mich, die Schlampe! Sieh dir an, was sie aus mir gemacht hat. Hat euch den Vater genommen.«

Ein Schauspieler, der vor einem einzigen Zuschauer spielte.

»Sie ist vor dir weggelaufen«, sagte Dennis. Er fühlte sich wie ausgehöhlt. »Sie hatte Angst.«

»Angst? Was weiß die von Angst, das Luder?«

Er war aufgestanden und gegangen. In der Tür hatte er sich noch einmal umgedreht, hatte gesehen, wie die Flasche gehoben, angesetzt wurde an einen durstigen Mund, der nichts mehr sagte, ihn nicht zum Gehen aufgefordert hatte, ihn nicht bat, noch zu bleiben.

Er hatte sich an die Straße gestellt, vierzehn Stunden hatte es gedauert, fünf Autos hatten angehalten und ihn mitgenommen, er hatte im Freien auf einem Parkplatz an der Autobahn zu schlafen versucht, versteckt in den Büschen, war von Mücken zerstochen worden. Vorher hatte er seine Mutter angerufen und zu beruhigen versucht. Als er zu Hause ankam, empfing ihn Jule in der Tür.

»Wie war es?«, fragte sie.

Dennis spreizte die Finger und schüttelte den Kopf. »Er war nicht da.«

Jule war dabei gewesen, vorgestern früh. Nur sie und ihre Mutter. Hendrik war, darin hatten sie übereingestimmt, zu jung, um bei so etwas anwesend zu sein. Dennis hatte sich geweigert mitzugehen. Anfangs hatte sein Entschluss noch anders ausgesehen. Als festgestanden hatte, dass sie tatsächlich die lange Fahrt von Süden nach Norden auf sich nehmen würden – in der Stadt würden sie bei einer alten Freundin seiner Mutter übernachten für die wenigen Tage –, hatte Dennis den wilden Vorsatz gefasst, dabei sein zu wollen, wenn es so weit war. Doch je näher sie der Stadt gekommen waren, Jule verkrampft hinter dem Lenkrad, seine Mutter schweigend und abwesend, ununterbrochen aus dem Beifahrerfenster blickend, ein Handrücken vor dem Mund, er selbst und Hendrik hinten im Fond, wo sie beide nicht recht gewusst hatten, was sie mit sich anstellen sollten – je näher sie der Stadt gekommen waren, Kilometer um Kilometer, umso mehr hatte er bemerkt, wie dieses Gefühl, dabei sein zu müssen, von ihm abzugleiten begann wie ein zu weiter Mantel. Ein anderes Gefühl hatte den frei gewordenen Platz eingenommen.

Das von Unerträglichkeit.

Er würde es nicht ertragen können.

Etwa auf halber Strecke hatte er dann erklärt, er habe es sich anders überlegt. Hatte gesagt, wie seltsam es war, zur Beerdigung seines Vaters zu fahren, obwohl der noch gar nicht tot war. Aber er stirbt, hatte seine Mutter nur erwidert, es kann stündlich so weit sein, meint der Arzt, bestenfalls hat er noch einen Tag, höchstens zwei, und Jule hatte sich eine Zigarette angezündet und Hendrik hatte den Kopf hin- und herbewegt, der Bewegung der Scheibenwischer folgend.

Es war nicht das Sterben an sich gewesen, dem er ausweichen wollte, überlegte Dennis. Offen gestanden war er sogar neugierig gewesen, wie es sein musste, wenn jemand starb. Nein, falsch. Wie es sein musste, wenn *sein Vater* starb. Sah man wirklich ohne Angst in die Augen, aus denen früher ein einziger Blick gereicht hatte, um dich zu demütigen, zu verhöhnen, dir mitzuteilen, wie unwert du warst? Augen, in denen das Licht jetzt verglimmte? Und gab es tatsächlich die berühmten letzten Worte, versöhnliche Worte womöglich, Worte aus einem Mund, der sich nie gescheut hatte, eine Gemeinheit nach der anderen auszustoßen? Hielt man vielleicht, oh, diese Frage hatte ihn immer wieder beschäftigt, hielt man vielleicht sogar die Hand, die früher so gern zugeschlagen hatte? Wie fühlte sie sich dann an, diese Hand? Kalt, knochig, schon so gut wie tot? Unfähig sie zu heben, weil dem dürren Arm, dem ausgemergelten, vom Alkohol zerstörten Körper, zu dem sie gehört, die Kraft dazu fehlt?

Scheißegal.

Es war ihm scheißegal.

Keine dieser Fragen hatte er Jule oder seiner Mutter gestellt, als sie wiedergekommen waren, beide blass, seine Mutter, entgegen seiner heimlichen Erwartung, nicht erleichtert, aber ganz ruhig. Sie hatte gesehen, was zu sehen sie gekommen war, hatte sich mit eigenen Augen davon überzeugt, dass das Tier tot war, ihr nichts mehr anhaben konnte. Mein Gott. Wir müssen einen Kranz bestellen, hatte sie gesagt. Und Jule hatte gesagt: Wir binden selber einen, ich weiß, wo es Herbstastern gibt, Herbstastern hat er gemocht. Und Dennis hatte genickt und gesagt: Das weiß ich auch.

Regenrauschen, Flussfließen, aus der Hütte das Aufblitzen der Streicher im *Gangsta' Rap*, wie zustechende Messer.

»Komm.« Er legte Jule eine Hand auf die Schulter und drehte sie zu sich um.

Jeder für sich und doch gemeinsam tanzten sie, tanzten durch vom Himmel stürzendes Wasser, tanzten gegen das Gestern, tanzten, um sich zu erinnern. Sie hoben die Arme, senkten die Köpfe, stampften den Boden, zertraten das Gras; es war ein gleichmäßiger, von ihnen beiden geteilter Rhythmus, ein Rhythmus, von dem Dennis plötzlich wusste, dass er ihn schon immer gekannt hatte, dass jeder tief in seinem Inneren ihn kannte. Regen und Sonne hatten die Menschen früher mit diesem Rhythmus beschworen, sich eine gute Ernte erfleht von den Göttern, Dämonen hatten sie damit vertrieben, o ja, Dämonen und wilde Tiere und bedrohliche Bestien. Und deshalb tat es gut, dieses Tanzen, auch wenn er sich wünschte, er müsste nicht dabei weinen. Doch auch das würde vorbeigehen, wenn nicht heute, dann morgen oder übermorgen oder nächste Woche oder nächstes Jahr. Und irgendwann danach würde er sich bei dem Mädchen entschuldigen können, dessen Name ihm jetzt einfiel, und irgendwann danach würde er auch Merle ansprechen, ganz sicher.

Irgendwann, wenn niemand mehr bezahlen musste.

WINTERLANDSCHAFT

Am dritten Tag war der Inhalt der einzigen Gasflasche aufgebraucht. Kora bemerkte es nicht, obwohl sie direkt vor der Kochplatte stand, eine Hand in der Hosentasche, in der anderen einen Holzlöffel, mit dem sie die Bohnensuppe umrührte. Ihr Blick wanderte seit Minuten über die winterweißen Felder hinter dem Fenster, unruhig und ohne festes Ziel.

»Es zischt nicht mehr.«

Tobbel stand neben ihr, eines seiner Schmusetiere unter dem Arm. Er zeigte auf die Platte des Gaskochers, und als sie den Topf zur Seite schob, sah sie, dass er Recht hatte, die Flamme darunter war tatsächlich erloschen, die Suppe nicht einmal lauwarm geworden.

Kalte Bohnen in einer kalten Hütte.

»Scheiße!«

Erst jetzt, als die Wände des Wochenendhauses das Wort zurückwarfen, fiel auch ihr auf, dass das gleichmäßige, beruhigende Zischen des Gases in den Leitungen verstummt war. Keine Heizung mehr. Sie fragte sich, ob das Wasser in den Plastikkanistern gefrieren würde. Es war nicht gefroren gewesen, als sie vor drei Tagen hier angekommen waren, doch inzwischen waren die Temperaturen merklich gefallen. Morgens bedeckten bizarre Frostblumen die Innenseiten der Fensterscheiben.

Nun, es gab immer noch den Kamin. Er war zugestellt mit Gartenmöbeln, dem Rasenmäher, dem Holzkohlengrill. Doch all das ließ sich beiseite schaffen.

Tobbel sah zu ihr auf. »Was machen wir jetzt?«

»Wenn man friert, macht man Feuer. Hilf mir mal.«

Natürlich war er keine große Hilfe, stand ihr sogar eher im Weg, während sie die Gartenmöbel zur Seite rückte und den Rasenmäher vor das kleine Badezimmer schob, doch sie war für jede Beschäftigung dankbar, die ihn ablenkte. Als nach fünf Minuten der Kamin freigeräumt war, zerrte sie Tobbels dicksten Pullover aus ihrer Sporttasche und half ihm dabei, ihn anzuziehen.

»Wir holen jetzt Holz von draußen. Dann machen wir ein Feuer und es wird warm und gemütlich.«

»Erzählst du mir auch eine Geschichte?«

»Nicht jetzt. Heute Abend im Bett, okay?«

»Von Löwen?«

»Von mir aus auch von Löwen.« Sie fuhr mit einer Hand durch seine strubbeligen Haare. »Ich erzähl dir die Geschichte vom Löwen, der eines Morgens aufwachte und feststellte, dass er sich ganz und gar in einen funkelnden Diamanten verwandelt hatte.«

Als sie die Tür öffnete, schlug ihr eisige Luft entgegen, so kalt und so klar, dass sie das Gefühl hatte, sie trinken zu können. Fröstelnd zog sie den Kragen ihrer Jacke enger. Die Abreise von zu Hause war so überstürzt erfolgt, ihr Vater hatte so sehr zur Eile gedrängt, dass sie wahllos ihre Sporttasche voll gestopft hatte: Kleidungsstücke, Malstifte und ein paar Bilderbücher für Tobbel. Eine Hand voll zerlesener Heftromane ihrer Mutter. An Handschuhe hatte sie dabei nicht gedacht. Sie hatte an gar nichts gedacht, ihr Kopf war so leer gewesen wie das vor ihr liegende zugeschneite Land, über das der Wind sich schlängelnde Wellen aus Schneekristallen trieb, leer wie der unendlich graue, sich darüber wölbende Himmel. Also keine Handschuhe.

»Muss ohne gehen«, murmelte sie. Wenn sie Tobbel nicht

darauf aufmerksam machte, würde er gar nicht bemerken, dass sie ihm fehlten.

Das Holz war an der rückseitigen Hauswand gestapelt, der Stoß reichte Kora bis an die Brust. Enttäuscht stellte sie fest, dass er nur zur Hälfte aus bereits gespaltenen und aufgeschichteten Scheiten bestand. Darunter lagen dicke Stämme von einem guten Meter Länge. Zu groß, als dass sie in den kleinen Kamin passen würden.

Ihr Blick fiel auf das von ein paar vierkantigen Nägeln an der Hauswand gehaltene Beil. Sie erinnerte sich daran, wie ihr Vater im vergangenen Sommer damit das Holz gespalten hatte. Verbissen, beinahe wütend hatte er darauf eingeschlagen, bis das weiße Unterhemd, das sich von seinem braun gebrannten Oberkörper abhob, nass und dunkel von Schweiß gewesen war.

»Also los, Tobbel.«

Mit ihrem Jackenärmel wischte sie den Schnee von der obersten Lage Holz, nahm ein kleineres Scheit herunter und legte es Tobbel über die erwartungsvoll ausgestreckten Unterarme. Er trollte sich, kleine Atemwolken vor sich hertreibend, die Beine umschlottert von dem zu weiten und zu langen Parka, den er zu Weihnachten bekommen hatte. Die Bändel tanzten links und rechts von ihm über den Schnee, wo sie kurvenförmige Spuren hinterließen.

Sie hatte sich die Arbeit weniger anstrengend vorgestellt. Die Holzscheite, unerwartet rau und scharfkantig, drückten wie Messerschneiden gegen ihre ungeschützten Handballen. Nachdem Kora die letzte Ladung in die Hütte geschleppt hatte, hatten der Schmerz und der Frost sich so tief in ihre Hände gefressen, dass sie befürchtete, die Finger würden absterben. Tobbel schien die Kälte nichts auszumachen, unermüdlich hatte er ein Holzstück nach dem anderen in die Hütte getragen und war jetzt damit beschäftigt, sie vor dem Kamin zu einem wackeligen Turm aufzubauen.

»Schluss, das war's«, rief sie ihm zu.

Er ging neben ihr in die Hocke und beobachtete aufmerksam, wie sie einige Seiten altes Zeitungspapier zusammenknüllte, in den Kamin warf, ein paar Holzscheite darumstapelte und die so entstandene Pyramide mit einem Streichholz entzündete. Ein begeisterter Schrei entfuhr ihr, als das kalte, aber offensichtlich völlig ausgetrocknete Holz Feuer fing, und sie streckte die erfrorenen Hände den züngelnden Flammen entgegen.

Tobbel tat es ihr gleich, im selben Rhythmus wie sie selbst drehte er langsam seine Hände, schob sie dicht an das wärmende Feuer, zog sie wieder zurück, bewegte die Finger.

»Wann kann ich wieder in den Kindergarten?«, fragte er.

»In einer Woche, wenn die Ferien vorbei sind.«

»Wie lange ist eine Woche?«

Da er nur bis fünf zählen konnte, stellte sie sieben Holzklötze nebeneinander vor den Kamin und zählte dabei jeden einzelnen von ihnen laut für ihn ab.

»So viel Tage sind das und sieben Tage sind eine Woche.«

Angesichts der aufgereihten Holzscheite erschien ihr diese Zeitspanne plötzlich beängstigend lang. Würden sie es so lange in der Hütte aushalten müssen, vielleicht sogar länger? Würde das Brennholz für eine Woche reichen?

»Ich geh noch mal raus, mehr Holz besorgen«, sagte sie kurz entschlossen. »Wenn ich zurückkomme, essen wir was, okay? Ich hab riesigen Hunger.«

Tobbel gab ein zustimmendes Brummen von sich. Die lodernden Flammen, das Knacken und Knistern des Holzes beanspruchten seine ganze Aufmerksamkeit, noch immer drehte er wie hypnotisiert die kleinen Hände vor dem wärmenden Feuer hin und her.

Draußen leuchteten Himmel und Schnee in dem tiefen, an das Meer erinnernden Blau der Dämmerung. In spätestens einer halben Stunde würde es dunkel sein. Dennoch gönnte Kora sich eine Minute, in der sie zufrieden die dünne weiße Rauchfahne betrachtete, die über dem Dach der Hütte stand, bevor sie zu dem Holzstoß ging, einen der schweren Stämme umfasste und vor sich auf den Boden wuchtete. Sie nahm das Beil aus der Halterung an der Wand, ergriff es fest mit beiden Händen, wie sie es bei ihrem Vater gesehen hatte, und hob es hoch über ihren Kopf.

Es war schwerer, als sie angenommen hatte. Für einen Augenblick, während es sie nach hinten zu zerren drohte, kämpfte sie, das Beil angestrengt in der Schwebe haltend, um ihr Gleichgewicht. Dann ließ sie es schwungvoll nach unten sausen. Die Klinge drang schräg in die Mitte des Stammes ein und verklemmte sich, sie musste ziehen und hebeln, um sie wieder freizubekommen.

In den nächsten Schlag legte sie weniger Kraft. Mit einem grimmigen Lächeln registrierte sie, wie Dutzende von Holzsplittern in alle Richtungen stoben, als sie den Stamm, diesmal in senkrechtem Bogen, an exakt derselben Stelle traf wie zuvor.

Beim sechsten oder siebten Schlag, gerade als sie meinte, ein Gefühl für den richtigen Rhythmus aus Schwingen und Schlagen entwickelt zu haben, verlor ihr rechter Fuß den Halt auf dem glatten Untergrund und rutschte ab. Das Beil zischte in einem gefährlichen Schlenker seitwärts nach unten. Sie spürte, wie der Stahl an ihrer Jeans zerrte, hörte das hässliche Geräusch zerreißenden Stoffs und schrie auf, als das scharfe Metall wie eine brennende Hand über ihr linkes Schienbein schrammte.

Entsetzt ließ sie das Beil fallen und kniff die Augen zusammen. Nicht bluten, dachte sie, bloß nicht bluten! Der völlig verrückte Gedanke an Schneewittchen schoss ihr durch den Kopf, an die gute Königin, die sich zu Beginn des Märchens beim Sticken in den Finger sticht, so dass drei Tropfen Blut zu ihren Füßen in den Schnee fallen, Lippen, so rot wie Blut, die Haut, so weiß wie Schnee …

»… die Haare schwarz wie Ebenholz«, flüsterte Kora, und als sie die Augen wieder öffnete, sah sie zwischen den Fetzen der Jeans kein Blut, sondern nur einen breiten Streifen abgeschürfter Haut. Das darunter liegende Gewebe war von merkwürdiger, makelloser Glätte, es hatte sich bläulich verfärbt und war innerhalb von Sekunden angeschwollen.

»Verdammte, verdammte, verdammte Scheiße!«, murmelte sie. Kein Holz. Nichts mehr. Nie wieder. Ohne das halb im Schnee versunkene Beil noch eines Blickes zu würdigen, humpelte sie mit zusammengebissenen Zähnen um die Hütte und drückte die Tür auf.

Das Kaminfeuer war bis auf einen schwach glimmenden Überrest erloschen, erstickt von einer klebrig schwarzen, verbrannt stinkenden Flut, die von der Feuerstelle her über den Fußboden geschwappt war. Inmitten der rauchenden Brühe stand Tobbel, zu seinen Füßen der Gitterrost des Gartengrills und der umgekippte Topf, in dem sich die kalte Bohnensuppe befunden hatte.

Kora keuchte, die Wut schoss so unvermittelt in ihr hoch, dass ihr schwindelig wurde und sie sich am Türrahmen abstützen musste. Im nächsten Augenblick hatte sie den Raum durchquert, packte Tobbel, der abwehrend die Arme hochriss, bei den Schultern und schüttelte ihn.

»Ich wollte …«, hörte sie ihn stottern, doch die Wut hielt sie umfangen wie ein enges, rot glühendes Netz, das sich fest und immer fester um sie zusammenzog. Sie konnte kaum atmen.

»Ist mir scheißegal, was du wolltest«, schrie sie mit sich überschlagender Stimme. »Du machst alles kaputt, du machst es kaputt, alles, alles machst du kaputt!«

Sie holte aus und schlug ihm ins Gesicht, machte abrupt kehrt und stolperte mit fliegendem Herzschlag zurück zu der noch offen stehenden Tür. Ihr Schienbein fühlte sich taub an.

Hinter sich hörte sie Tobbel schluchzen. Sie holte mehrmals tief Luft, dann schloss sie die Tür und stürzte sich in einen Wirbel hektischer Aktivitäten, zündete die überall im Raum verteilten Kerzen an, säuberte den Boden vor dem Kamin mit einem nassen Lappen, legte Holz nach, bis das Feuer wieder richtig brannte. Anschließend öffnete sie eine Büchse Thunfisch, die sie Tobbel, zusammen mit einer Gabel, wortlos in die Hände drückte.

Er schlich damit zu ihrem gemeinsamen Bett, aß den Fisch und verbrachte den Rest des Abends über seine Bilderbücher gebeugt, bevor er sich zusammenrollte und einschlief, ohne dass sie noch einmal miteinander gesprochen hatten.

Kora hatte sich vor den Kamin zurückgezogen, wo sie versuchte eines der Groschenhefte ihrer Mutter zu lesen. Es gelang ihr nicht, die Zusammenhänge wollten sich nicht einstellen, jeder Satz löste sich in Worte, jedes Wort in einzelne Buchstaben auf, die hinter dem roten Schleier vor ihren Augen verschwammen. Erst nachdem sie die Kerzen gelöscht hatte und zu Bett gegangen war, spürte sie, wie ihre Wut langsam, fast widerwillig, verebbte und lähmender

Reue wich. Sie fragte sich, ob Tobbel vor dem Einschlafen auf eine Versöhnung und seine Löwengeschichte gewartet hatte.

»Tobbel?«, rief sie leise.

In der Dunkelheit suchte sie nach seiner Hand. Als ihr sein kaum hörbares, gleichmäßiges Atmen antwortete, begann sie zu weinen. Als das Weinen sie erschöpft hatte, schlief sie ein.

Irgendwann in der Nacht schreckte sie mit dem sicheren Wissen auf, dass etwas nicht stimmte. Sie lauschte angestrengt in die Dunkelheit, für einen Augenblick fest davon überzeugt, jemand schleiche um die Hütte. Ruhig bleiben, befahl sie sich, bleib ruhig, doch wie sollte sie das anstellen, wenn vielleicht dort draußen jemand war, der das Beil gefunden und aus dem Schnee gezogen hatte, dieses Beil mit der schrecklich scharfen Klinge …

Dann spürte sie die Nässe in ihrem Rücken und wusste, was sie geweckt hatte. Als sie die Decke ein wenig anhob, stieg ihr der stechende Geruch von Urin in die Nase. Tobbel hatte ins Bett gemacht. Sollte sie aufstehen, um ihn und sich selbst zu säubern?

Tobbels regelmäßige Atemzüge und seine warmen, gegen ihren Nacken gepresste Fäuste verrieten ihr, dass er schlief. Das Feuer im Kamin war erloschen, der Himmel allein wusste, wie er reagieren würde, wenn sie ihn jetzt weckte, um ihn in der eisigen Kälte zu waschen und die Bettwäsche zu wechseln. Von dem nassen Urin war ohnehin kaum noch etwas zu spüren, die Flüssigkeit hatte sich verteilt und bereits Körperwärme angenommen.

Sie drehte sich auf den Rücken. War es das, überlegte sie, worauf es hinauslief, wenn Eltern sich nicht mehr verstanden? Dass sie ihre Kinder sich selbst überließen, sie aussetzten in einem ungeheizten, abgelegenen Wochenendhaus? War es das?

»Es ist ja nur für einen Tag«, hatte ihr Vater gesagt, nachdem er sie und Tobbel in den Wagen verfrachtet und nach mehrstündiger Fahrt hier abgeliefert hatte. Er brauche diese Zeit, um nachdenken zu können. »Morgen früh bin ich wieder hier und hole euch ab.«

Es überraschte sie nicht, dass er, wie so oft, sein Wort auch diesmal nicht gehalten hatte. Und sie schalt sich selbst dafür, ernsthaft geglaubt zu haben, er habe die lange Fahrt hierher unternommen, dann die ebenso lange Rückfahrt nach Hause angetreten, nur um sich diese Strapaze tags darauf erneut zuzumuten. Aus einem Tag waren inzwischen drei Tage und drei Nächte geworden. Vorgestern hatte frischer Schnee die Spuren der Autoreifen zugedeckt, die sie bis dahin daran erinnert hatten, dass es eine Welt außerhalb der Wochenendhütte gab.

Nicht, dass sie sich Sorgen um ihren Vater machte oder darum, er könnte sie und Tobbel vergessen haben. Sie wusste, dass er wie gelähmt zu Hause auf dem Wohnzimmersofa lag, neben sich unzählige leere Bierflaschen und überquellende Aschenbecher, eingehüllt in eine Wolke aus saurem Schweiß, Alkohol und Selbstmitleid. Sobald die Wolke sich gelichtet hatte, sobald sie und Tobbel wieder Platz in seinen Gedanken hatten, würde ihr Vater kommen und sie abholen.

Wo ihre Mutter geblieben war, nachdem sie einmal mehr ihre Koffer gepackt und das Haus verlassen hatte, war eine andere Frage. Wahrscheinlich in einem abgelegenen Hotel am Stadtrand, in einem ruhigen Zimmer, in dem sie die Vorhänge zuziehen und blicklos auf einen laufenden Fernseher starren konnte, während sie überlegte, warum ihre Ehe nicht funktionierte – womit sie *diesen Mann* verdient hatte, ohne den sie offensichtlich genauso wenig leben konnte wie mit ihm. Auch sie würde zurückkommen.

Tobbel seufzte.

Kora drehte sich zu ihm um, streichelte ihm beruhigend die Stirn und betrachtete über seinen Kopf hinweg das helle Viereck des in die gegenüberliegende Wand eingelassenen Fensters. Die ersten Frostblumen öffneten ihre Blüten, dahinter war nichts zu sehen als geisterhaft blauer, das Mondlicht reflektierender Schnee, und über diesem stillen, verschwommenen Bild schlief sie ein.

Als sie am nächsten Morgen erwachte, erfüllte behagliche Wärme die Hütte. Im ersten Moment glaubte sie, ihr Vater sei zurückgekehrt und habe Feuer gemacht, und ihr Herz schlug schneller. Dann sah sie Tobbel vor dem Kamin stehen. Traumverloren drehte er seine rußverschmierten Hände vor den munter lodernden Flammen, die nackten Füße waren umgeben von zerfetztem Zeitungspapier und unzähligen abgeknickten Streichhölzern.

»Hast du das Feuer gemacht?«, sagte sie.

Unsicher und trotzig zugleich wandte er sich ihr zu. Er trug weder Hose noch Unterhose, lediglich einen grob gestrickten braunen Pullover, unter dessen Bündchen sein winziger, auf Erdnussgröße geschrumpfter Penis hervorlugte.

»Mir war kalt und ich hab Pipi in der Hose gehabt.«

Was sollte sie tun? Ihn ausschimpfen, den Streit von gestern fortsetzen? Tobbel wusste, dass er nicht mit Feuer spielen durfte. Andererseits war die hinter seinen Worten liegende Logik ebenso schlicht wie entwaffnend – wenn man friert, macht man Feuer.

»Es ist in Ordnung, es ist prima«, versicherte sie ihm und

sein Gesicht hellte sich zu einem stolzen Lächeln winziger, blitzender Milchzähne auf.

Ihr fiel ein, dass heute ein besonderer Tag war. Von einem plötzlichen Hochgefühl erfüllt, schwang sie sich aus dem Bett, schlüpfte in ihre Wollsocken und ging zur Anrichte, unter der die Lebensmittelvorräte lagerten: Knäckebrot und Zwieback, eingemachte Marmeladen, Konservenbüchsen mit Eintopf und Ravioli, Fertigsuppen in Tüten – alles Dinge, die ihre Eltern dort deponiert hatten, als hätten sie bewusst für den Tag vorgesorgt, an dem sie ihre Kinder sich selbst überlassen würden.

Sie bestrich abwechselnd Zwieback und Knäckebrot mit Erdbeerkonfitüre, füllte Wasser aus einem der Plastikkanister in zwei Gläser und brachte alles zum Kamin. Dort setzte sie sich neben Tobbel.

»Willst du keine Hose anziehen?«

Er schüttelte den Kopf. Sie legte den Arm um ihn und umfasste mit einer Hand seinen Oberschenkel und eine kleine, warme Pobacke.

»Hör mal, wegen gestern Abend, das tut mir Leid. Ich war sauer, weil … weil ich mich geschnitten hatte. Hier.«

Sie zeigte ihm ihr Schienbein.

Tobbels Augen weiteten sich. »Ist es zerbrochen?«, fragte er mitfühlend.

»Gebrochen? Nein, und es tut auch nicht mehr weh. Nur noch ein bisschen.«

Nachdem sie einträchtig die Brote verzehrt hatten, deckte sie das Bett ab, wusch sich und Tobbel, half ihm beim Anziehen und ging mit ihm spazieren.

Auf dem Hügel hinter der Hütte blieb sie stehen und betrachtete die Gegend, die seit einem Jahr als Wochenendgebiet ausgeschrieben, doch längst nicht vollständig erschlossen war. Hier und dort duckten sich weitere kleine, um diese Jahreszeit verlassene Häuser unter dem schneebeladenen grauen Himmel. Irgendwo dahinter lag der zugefrorene See, unsichtbar unter der weißen Decke. So weit das Auge reichte, sah man nur verschneite Feldwege, keine Straßen. Zur Not, überlegte sie im Weitergehen, konnten sie dennoch die Hütte verlassen, sich zu Fuß auf die Suche nach der nächstgelegenen Straße machen und dort ein Auto anhalten.

»Wo ist der Schnee im Sommer?«, fragte Tobbel, als der Hügel hinter ihnen lag.

»Irgendwo, wo es kälter ist. Im Sommer ist der Schnee nur Regen. Im Winter wird es so kalt, dass der Regen zu Schnee gefriert.«

»Ich mag den Winter.«

Kora hasste den Winter. In der Stadt nahm sie ihn gewöhnlich nur wegen der Kälte wahr, die er mit sich brachte; der schmutzige graue Matsch, in den frisch gefallener Schnee sich über kurz oder lang verwandelte, erfüllte sie mit Abscheu.

»Ich finde ihn ekelhaft«, flüsterte sie.

Es hatte eine Zeit gegeben, in der sie sich vor dem Winter gefürchtet hatte. Vor zwei Jahren, bei einem Klassenausflug in den Harz, während sie ihre johlenden Mitschüler beobachtete, die auf pfeilschnellen Skiern gefährlich steile, ins Nichts abfallende Pisten herabjagten, war ihr plötzlich der Gedanke gekommen, die ganze Welt sei gestorben und liege nun, in schimmerndes Kristall verwandelt, auf ewig unter der festgefahrenen Schneedecke. Die Vorstellung ließ sich nicht vertreiben, widerspenstig hatte sie sich in ihrem Kopf eingenistet und erfüllte Kora mit solchem Entsetzen, dass sie unkontrolliert zu schreien begann und erst wieder damit aufhören konnte, als jemand sie bei den Händen nahm und fest an sich drückte. Als sie wieder zu sich gekommen war, hatte sie in das klare Gesicht eines Mädchens geblickt, einer Mitschülerin, mit der sie noch nie ein Wort geredet hatte. Dianne. In der Grundschule hatten alle Kinder Angst vor ihr und ihrem Zwillingsbruder gehabt. Es hatte geheißen, Dianne könne mit einem Blick deine Haare in Flammen aufgehen lassen, und ihr Bruder müsse dich nur anfassen, um deine Haut in Stein zu verwandeln. Kinderkram. Die Mutter der beiden allerdings ... Wenn man dem Gerede in der Stadt glauben durfte, war sie ein Flittchen. Das machte Dianne zu schlechtem Umgang – dem einzigen, den Kora hatte. Von ihren Eltern wurde Dianne jedoch toleriert, die hatten andere Sorgen.

»Der Winter hat mit dem Tod nichts zu tun, im Gegenteil«, hatte Dianne sie an jenem Wintertag nach ihrem Schreianfall zu beruhigen versucht. »Die Natur ruht sich in dieser Zeit aus und sammelt neue Kraft.«

Die Worte, ausgesprochen mit einer Selbstverständlichkeit, als wisse Dianne genau, wovon sie redete, hatten eine Saite in Kora zum Klingen gebracht, die auch über die folgenden Monate hinweg nie ganz verstummte. Etwas in ihr war erwacht, regte sich, setzte sich zur Wehr, und tatsächlich war ihre Angst im Winter darauf, als es nach einem plötzlichen Kälteeinbruch bereits Anfang November über Nacht zu schneien begonnen hatte, nicht wieder aufgetaucht. Geblieben war nur das unbestimmte Gefühl, dass etwas mit ihr nicht stimmte, doch was genau das war, hätte sie unmöglich erklären können. Geblieben war auch Dianne. Sie und dieses merkwürdige Mädchen, das stets neben sich zu stehen und manchmal gar nicht von dieser Welt zu stammen schien, hatten sich angefreundet. Es war eine ruhige, warme Freundschaft, die ohne viele Worte auskam. Kora blickte sich um. Schneekristalle, glitzerndes Weiß, Helligkeit, Kälte: Die Welt war das Gegenteil all dessen, was ihr in den Sinn kam, wenn sie an Dianne dachte. Wenigstens einen sicheren Hafen würde sie haben, sobald sie aus diesem Eismeer nach Hause kam.

»Guck mal, was ich kann.«

Tobbel war stehen geblieben und ließ sich unvermittelt nach hinten in den Schnee fallen, wo er, auf dem Rücken liegend, mit Armen und Beinen ruderte wie ein bunter, an einer unsichtbaren Schnur befestigter Hampelmann. Als er sich vorsichtig erhob, blieb im Schnee der Abdruck eines Engels mit ausgebreiteten Schwingen zurück.

»Der ist wunderschön«, sagte Kora. Sie beugte sich zu Tobbel herab und gab ihm einen Kuss, dann begann sie sich im Kreis zu drehen, schneller und immer schneller, bis der Engel und das Land und die Bäume und der Himmel und Tobbel sich zu einem flirrenden, Farben versprühenden Bild vermischten.

»Schön«, rief sie, »schön, schön, schön!«

Später folgten sie ihren Fußstapfen zurück zur Hütte. Sie hatten die Kuppe des Hügels überschritten, als Kora die Reifenspuren sah, die als undeutliches, doppeltes Band aus der Ferne kamen. Langsam den Hügel herabgehend, musterte sie den vor der Hütte geparkten Wagen und ihren Vater. Er hielt ihnen den Rücken zugekehrt und stützte sich auf der Motorhaube des Wagens ab. Der Saum seines knielangen dunklen Mantels berührte den Schnee. Als er sich umdrehte und zu winken begann, blieb sie stehen.

»Tobias!«

Tobbel befreite sich von ihrer Hand und stolperte, so schnell seine kurzen Beine ihn tragen konnten, in die weit ausgebreiteten Arme seines Vaters, ließ sich von ihnen emporreißen und schwebte im nächsten Augenblick, schreiend und glücklich lachend, in der Luft.

Kora wollte ihm folgen, doch der gefrorene Boden unter ihren Füßen hielt sie fest wie ein mächtiger, kalter Magnet. Irritiert bemerkte sie, dass sich der Schmerz in ihrem Schienbein, den sie seit dem Morgen kaum noch wahrgenommen hatte, mit einem heftigen Ziehen zurückmeldete. Also blieb sie stehen, angespannt und von Misstrauen erfüllt, bis ihr Vater Tobbel abgesetzt hatte.

»Du hast Feuer gemacht, was?« Er deutete auf den abgetragenen Holzhaufen und den davor niedergetretenen Schnee. Unter seinen Augen lagen tiefe Schatten, er sah schlecht aus, obwohl er frisch rasiert war.

»Braves Mädchen.«

Sie hatte sich noch immer nicht von der Stelle bewegt, als er kurz darauf die Hüttentür abschloss, über einer Schulter ihre Sporttasche, die zusammengebündelte, schmutzige Bettwäsche unter dem anderen Arm. Falls ihm der durchdringende Uringeruch aufgefallen war, ließ er es sich nicht anmerken.

Während er umständlich Tasche und Bettwäsche im Kofferraum des Wagens verstaute, krabbelte Tobbel, der ihm keine Sekunde von der Seite gewichen war, in seinen Kindersitz. Schließlich öffnete ihr Vater die Beifahrertür und wandte sich ihr zu. Ihr fiel auf, dass er seine Fingernägel geschnitten hatte.

»Kommst du?«

Die ersten Kilometer der Fahrt verliefen schweigend. Tobbel, der seinen Vater anfangs mit Fragen bestürmte, auf die er nur einsilbige Antworten erhielt, schlief irgendwann ein. Kora konzentrierte sich auf den pochenden Schmerz in ihrem Schienbein.

»Deine Mutter ist seit heute Vormittag wieder zu Hause«, sagte ihr Vater endlich. »Wir haben uns ausgesprochen und, na ja, du musst dir keine Sorgen machen, wir bleiben natürlich zusammen, das war ja nie die Frage, es geht um andere Dinge.«

Er redete zu schnell und zu laut.

»Sie hat einen Kuchen für dich gebacken und ...« Seine Hände umklammerten das Lenkrad so fest, dass die Fingerknöchel weiß hervortraten. »Hab ich fast vergessen. Alles Gute zum Geburtstag, Kora.«

Die Wut, die sie gestern Abend erfüllt und von der sie geglaubt hatte, sie sei verschwunden, kehrte in einer einzigen gewaltigen Welle zurück. »Ihr seid Schweine«, erwiderte sie leise, aber laut genug für ihren Vater, es zu hören. »Ihr seid solche Schweine.«

Es war so leicht gewesen, viel leichter, als sie gedacht hatte. Sie lauschte in sich hinein, doch nicht einmal ihr Herzschlag war schneller geworden. Die Worte hatten sich wie von allein gelöst, hatten ihre Stimmbänder und ihre Zunge und ihre Lippen nur als Werkzeuge benutzt, mehr nicht.

Aus den Augenwinkeln sah sie, wie seine Hände sich noch fester um das Lenkrad verkrampften. Er protestierte nicht. Und plötzlich wusste sie, dass er nie protestieren würde, er nicht und auch nicht ihre Mutter, dass immer sie selbst die Stärkere sein würde, weil sie im Recht war und ihre Eltern im Unrecht.

Auf dem Rücksitz gab Tobbel ein leises Wimmern von sich. Sie drehte sich zu ihm um, aber er schlief noch immer, die Wangen hochrot, die Haare zerzaust.

Dann starrte sie aus dem Fenster auf das unter trübem Zwielicht ruhende Land. Überall lag Schnee, er lag auf den Zweigen der Bäume, auf den Büschen und auf den Feldern, er bedeckte wie ein Leichentuch die froststarre Erde, er türmte sich sogar auf den Hochspannungsmasten. Kora schloss die Augen und sah sich wie aus weiter Entfernung durch diese endlos weiße Landschaft gehen; ein letzter langer Spaziergang, ein letzter Winter.

DANIEL ZU LIEBEN

Letzte Woche rief Daniel mich an. Die Telefonnummer hatte er von meiner Mutter. Ich fiel aus allen Wolken, als ich seine Stimme hörte.

Hey, Mann, sagte er über eine Entfernung von fünfhundert Kilometern hinweg, hey, Mann, ich bin's! Komm zu meiner Hochzeit, wenn du Lust hast.

Ich sah zu Bernd hinüber, mit dem ich seit drei Jahren zusammenlebe. Er hockte im Bett, blätterte sich durch ein Magazin und merkte nicht, dass ich so weiß geworden war wie das Laken, auf dem er saß. Ich sagte Daniel, ich würde kommen, und legte auf.

Mein Herz tat weh.

Das Leben war scheiße.

Daniels Stimme hatte meine Erinnerungen entzündet wie trockenes Papier.

Ich war dreizehn, als ich mich Hals über Kopf in Elke Behrendt verliebte. Ich entwarf einen Brief und klaute einen Bogen feinstes Büttenpapier aus dem Schreibtisch meiner Mutter, auf den ich ihn übertrug.

Am nächsten Morgen stand ich früher als gewöhnlich auf. Ich badete, kämmte mir sorgfältig die Haare und zog meinen Matrosenanzug an – zumindest hielt ich ihn für einen Matrosenanzug, weil in das Revers der Jacke ein kleiner goldener Anker eingestickt war. Dann atmete ich tief durch und ging zur Schule, wo ich, während der Pause zwischen der dritten und vierten Unterrichtsstunde, mit hochrotem Kopf den Brief in die Schultasche meiner Angebeteten schmuggelte.

In der nächsten Pause stürzte Elke Behrendt, ihre fünf besten Freundinnen im Kielwasser, auf mich zu. Sie warf ihre wunderbar langen schwarzen Haare in den Nacken und versetzte mir eine schallende Ohrfeige.

Ahoi, Matrose! Mein Herzschlag setzte aus. Wäre der Anker am Jackenrevers etwas größer gewesen, ich hätte Hilfe suchend danach gegriffen.

Natürlich lag es an dem Brief. Darin stand, unter anderem, ich hätte mich bisher immer nur in gut aussehende Mädchen verliebt.

Ich war bisher überhaupt noch nicht verliebt gewesen, außer in einen Teddybären, den ich ein paar Jahre zuvor, nach einer misslungenen Blinddarmoperation, im Fluss versenkt hatte, weil seine Operationsnarbe sich ständig öffnete und die Füllung in meinem Bett herumkrümelte. Insofern hatte ich gelogen. Aber dass Elke Behrendt nicht besonders gut aussah, entsprach der Wahrheit. Ihre Ohrfeige hätte ausreichen sollen, mir bewusst zu machen, dass das mit der Wahrheit so eine Sache ist und man ab und zu besser die Klappe halten sollte, doch ich beging denselben Fehler immer wieder.

Nach Elke kam Sabine mit dem Silberblick und den unzähligen Sommersprossen, auf Sabine folgte Anke, der ich einen vom Taschengeld abgesparten kleinen Snoopy-Anhänger nebst Halskette schenkte und der ich schrieb, ihre Füße seien zwar etwas zu groß, aber ich würde sie trotzdem lieben.

Es hagelte Ohrfeigen.

Heute weiß ich, dass meine Macke, den Mädchen die Wahrheit zu sagen, dem Wunsch entsprang, sie mir vom Leib zu halten.

Na gut, das klingt nach Hobbypsychologie, aber ich hab

was übrig dafür. Ich hab auch was übrig für Horoskope, für Arzneimittelbeipackzettel und für diese kleinen bunten Sammelbilder, die früher obenauf in jeder Packung Haferflocken zu finden waren und die es heute nicht mehr gibt. Trotzdem bin ich wie ein Verrückter hinter diesen Sammelbildchen her. Sie erinnern mich an die Zeit, in der das Leben noch vor mir lag wie ein grenzenloser, farbenprächtiger Teppich.

Fünf Jahre später, ich war dem Matrosenanzug längst entwachsen, stellte ich fest, dass auch der bunteste Teppich seine Grenzen hat. Ich verliebte mich in Daniel, und mein unter demütigenden Ohrfeigen errichtetes Weltbild versank in Schutt und Asche. Ein neues trat an seine Stelle, glühend, fiebrig und doch voller scharfer Konturen. Und von totaler Verwirrung.

Niemand hatte mich bisher davon in Kenntnis versetzt, dass jede Art von Liebe, ganz gleich, wo sie hinfällt, so normal ist wie das Atmen. Niemand hatte sich bisher die Mühe gemacht, mich darauf hinzuweisen, dass ein Mann sich in einen anderen Mann verlieben kann. Plötzlich befand ich mich in einem eigenen kleinen Universum und der Rest der Menschheit in einer anderen, weit entfernten Galaxie. Es war ein Gefühl, als hätte mich der Schulbus überfahren. Und wer unter einem Zwanzigtonner liegt, kann nicht mehr protestieren.

Daniel und ich gehörten demselben Jahrgang an und gingen zur selben Schule. Da es eine ziemlich kleine Provinzschule war, kannten wir uns zwangsläufig, nur war er mir, bis es mich erwischte, nie wirklich aufgefallen. Zu dieser Zeit sortierte ich noch alle Menschen in Schubladen und Daniel steckte in der besonders geräumigen Schublade für Sportler,

aber wusste ich nur eines: Ich hatte mich in einen Mann verliebt. Mein Leben würde sich grundlegend ändern.

Ich hatte ein gutes Verhältnis zu meiner zweifach geschiedenen Mutter. Ich fasste mir mein frisch gebrochenes Herz und erzählte ihr alles.

Sie reagierte nicht überrascht. Sie zündete sich eine Zigarette an, dann musterte sie mich lange und ausgiebig. Schließlich nickte sie. Das war alle Anerkennung, die ich brauchte.

Ich geb dir einen guten Rat, sagte sie dann, eingehüllt in einen Schleier aus Rauch. Falls aus euch beiden was wird, dann frag ihn nie, ob er dich wirklich liebt.

Daniels Lächeln hatte nicht nur meine Gefühle in Aufruhr versetzt. Es verfolgte mich auch bis tief hinein in meine schlaflosen Nächte, in denen ich auf dem Bett lag und über das grübelte, was mit mir geschehen war.

Ich überlegte, worin der Unterschied zwischen meiner Liebe zu Elke, zu Sabine oder Anke und meiner Liebe zu Daniel bestand, und kam zu dem Schluss, dass ich mich für Daniel fraglos vor den nächsten Schnellzug, aber niemals in einen Matrosenanzug geworfen hätte. Als mir dieser Gedanke durch den Kopf ging, wusste ich, wie ernst die Lage war.

Sie wurde noch ernster angesichts der Tatsache, dass es sich bei Daniel um einen ausgesprochenen Kerl handelte – und mit Kerl meine ich die Sorte Mann, die beim Sex grundsätzlich oben liegt und sich eher öffentlich brandmarken lassen würde als zuzugeben, dass sie ab und zu, fast immer oder ausschließlich auf andere Kerle steht. Mein Gott, der Typ spielte Fußball! Und wenn man nach dem Sportunterricht dem Urteil der anderen Jungs in der Umkleidekabine glauben durfte, spielte er guten, ja, geradezu vollendeten Fußball.

Ich überlegte und überlegte und entschied schließlich, dass es auf das Fußballspielen nicht ankam. Hatte ich nicht auch Anke geliebt, trotz ihrer zu großen Füße? Und war es daher nicht völlig gleichgültig, ob Daniels Füße – die übrigens nicht zu groß waren, gar nichts an ihm war zu groß oder zu klein, er hatte den perfekten Körper und ein makellos schönes Gesicht –, ob also Daniels formschöne Füße nach einem Fußball traten oder nicht? Es *war* gleichgültig, und damit war das letzte theoretische Problem beseitigt. Jetzt musste ich nur noch an den Kerl rankommen.

Mit diesem Gedanken endete meine letzte schlaflose Nacht. Und, wie ich erst viel später bemerkte, meine Zugehörigkeit zur Welt, wie ich sie bis dahin kannte.

An Daniel heranzukommen war nicht halb so schwer, wie ich geglaubt hatte. Man sollte den Wert eines angebrannten Laborkittels als Gesprächsaufhänger nie unterschätzen. Nachdem zwei Wochen ins Land gegangen waren, fand ich mich unversehens im Haus seiner Eltern wieder, wo wir bei einer Flasche Chardonnay aus Papas Weinkeller über alles redeten, was uns in den Sinn kam, und feststellten, dass wir uns glänzend verstanden.

Von da an trafen wir uns ständig. Ich gab mein Bestes. Ich war charmant, ich war schlagfertig, ich war jeden Tag frisch gewaschen. Daniel war mehr als das. Ich war verrückt nach ihm. Ich betete ihn an und redete mir ein, er würde es nicht merken.

Dann kam der Abend, an dem wir zusammen in die Disco gingen. Wir blieben schon in der Tür stehen, weil der Laden so gut wie menschenleer war. Mir fiel ein, dass an diesem Abend im Nachbarkaff die alljährliche Wahl der Miss Hinterland auf dem Programm stand. Wir tanzten ein wenig unter den gelangweilten Blicken des Barkeepers herum, Tina Turner sang *What's love got to do with it*, und genau das musste Daniel sich ebenfalls gefragt haben.

Er sah mich mit funkelnden Augen an. Komm mit zu mir, sagte er, meine Alten sind nicht zu Hause ... und ich glaubte tatsächlich noch, es würde einer dieser Abende werden, mit einem Glas Wein aus Papas Keller und langen Unterhaltungen über Gott und die Welt.

Nennen wir es einfach Naivität.

Die Haustür war noch nicht richtig hinter uns ins Schloss gefallen, als Daniel mir auch schon das T-Shirt vom Leib gerissen hatte. Sekunden später waren wir nackt und wälzten uns auf dem Dielenteppich herum, schwitzend und eng umschlungen, küssend, keuchend und so weiter. Irgendwie schafften wir es in sein Zimmer. Ich wurde in einen Himmel voller zerberstender, rot glühender Sterne katapultiert.

Danach lag Daniel neben mir auf dem Bett und rieb sich mit einem Handtuch trocken. Im Dunkel leuchtete der schmale Badehosenstreifen um seine Hüften. Sein Geruch machte mich schwindelig.

Mann, sagte er, das war richtig gut.

Wie gut?, wollte ich wissen.

Besser als Fußball, kam die Antwort.

Unsere Beziehung hielt ein Jahr, zwei Monate und neun Tage. Ich erinnere mich deshalb so genau daran, weil ich damals jeden einzelnen Tag zählte, um ein Zeitgefühl für die Ewigkeit zu entwickeln.

Natürlich flog die Sache in der Schule auf, wenn es uns auch gelang, unser Zusammensein länger als ein halbes Jahr geheim zu halten, bevor das erste Getuschel einsetzte. Weiß der Geier, wie es herauskam. Vermutlich hatte ich Daniel einmal zu oft verliebt angesehen oder ihm einmal zu oft an den Hintern gefasst, während ich uns unbeobachtet glaubte. Es dauerte jedenfalls nicht lange und wir waren Thema Nummer eins. Ich merkte es am Gerede hinter unserem Rücken und an den abfälligen Seitenblicken unserer Mitschüler.

Als die ersten richtig fiesen Bemerkungen fielen, zuckte ich nur die Achseln. Die Worte perlten an mir herunter wie Wasser von einem Regenschirm. Ich war verliebt, ich hielt mich für unverwundbar, und das war ich auch. Verwunden konnte mich nur Daniel. Doch das tat er erst später.

Das Seltsame war, dass Daniel unter den zweideutigen Anspielungen und eindeutigen Sticheleien in der Schule nie zu leiden hatte. Ich war es, der alles abbekam, ich war die schwule Sau, aus dem einfachen Grund, weil ich schon immer das Weichei gewesen war. Während Daniel keine Gelegenheit ausließ, beim Fußballspielen und Sprücheklopfen seine Mannhaftigkeit unter Beweis zu stellen, lernte ich Stricken und Schneidern und belegte als einziger Junge einen Jazztanzkurs im Sportunterricht. Step by step, Seit und ran, hoch die Arme, Becken kreisen, schaut euch mal die Schwuchtel an!

Dass Daniel sich nicht schon damals von mir trennte, lag wohl nur daran, dass niemand es wagte, uns offen auf unsere Beziehung anzusprechen. Oder daran, dass er sich erst viel später falsche Gedanken machte.

Er machte sich schrecklich viele Gedanken. Nicht zuletzt bereitete ihm das Phänomen der Liebe als solches unendliches Kopfzerbrechen. Der Blödmann musste einfach für alles eine Erklärung finden, um nachts ruhig schlafen zu können, und ich versuchte umsonst ihn davon zu überzeugen, dass es für die Liebe nun mal keine Erklärung gibt. Wenn sie zuschlägt, schlägt sie zu. Die Gefühle übernehmen die Zügel und lassen den Verstand meilenweit hinter sich. Jeglicher Widerstand ist zwecklos oder macht die Sache nur noch schlimmer.

Es war eine gute Zeit, eigentlich die beste. Die Tage hatten kein Ende und waren doch zu kurz. In den Nächten diskutierten wir, was immer uns in den Sinn kam, von der Atomspaltung bis zu der Frage, warum man jeden Morgen kleine Wollflusen im Bauchnabel findet. Wir liebten uns, wann und wo immer wir konnten.

Ich brannte lichterloh.

Man sollte annehmen, das wäre die Zeit gewesen, über die es am meisten zu berichten gibt. Aber Glück und Unglück haben ihre eigenen Gesetze, sie erschaffen ihre eigene Zeit. Glück dauert kaum länger, als jemand braucht, um dir in die Suppe zu spucken. Das Unglück misst sich an der Zeit, die du benötigst, um diese Suppe mit einem Sieb wieder auszulöffeln, und das ist im Kern auch schon alles an Erkenntnis, was meine Studien über die Ewigkeit hervorbrachten.

Wirst du mich verlassen?, fragte ich Daniel einmal, zehnmal, hundertmal. Ich fragte ihn, während glitzernde Regentropfen wie in Zeitlupe am Fenster seines Zimmers herabliefen. Ich fragte ihn, wenn wir nach dem Schwimmen atemlos am Strand des Baggersees lagen, im Schilf versteckt, wo die Sonne nur halb so heiß auf meiner Haut brannte wie seine Fingerspitzen. Ich fragte ihn, als er nach einem Streit mit seinem Vater weinend in meinen Armen lag wie ein kleines Kind: Wirst du mich verlassen?

Er antwortete stets mit Nein.

Ich sagte, ich hätte in meinem eigenen kleinen Universum gelebt, und das stimmt. In diesem Universum war Daniel die Sonne, das ruhende Zentrum, und ich war der rastlose Trabant, der ihn umkreiste. Oder der Ikarus, der ihm entgegenflog, sich die goldenen Flügel verbrannte und abstürzte.

O ja, natürlich stürzte ich ab. Und wenn ich auch nicht daran gestorben bin, so tat es doch höllisch weh. Es tut immer weh, nicht nur beim ersten Mal.

Das Ende begann mit Daniels Mutter, die jede Woche einmal, bei Wind und Wetter, das Gemeindeblättchen verteilte, in dem die Kirche die Hitliste ihrer Seelenrettungsmechanismen veröffentlichte. Sie hatte unseren Umgang schon seit längerem argwöhnisch beobachtet, und dass sie nicht viel früher dahinter kam, dass wir im Zimmer ihres einzigen Sohnes weder Briefmarken noch die Fotos von dessen heiliger Kommunion sortierten, kann nur daran gelegen haben, dass unser sündiges Treiben weit jenseits ihrer Vorstellungskraft lag.

Trotzdem würde ich noch heute jede Wette darauf abschließen, dass diese blöde Kuh nur auf eine passende Gelegenheit gewartet hatte, genau in dem Moment in Daniels Zimmer zu platzen, als wir annahmen, allein im Haus zu sein, und uns jeder Menge verwerflicher Lust hingaben. Normalerweise trafen wir uns bei mir, weil wir dort ungestört waren und Daniel sich glänzend mit meiner Mutter verstand.

Wie auch immer, in dem Moment, in dem die Tür aufflog, dachte ich, wir müssten alle sterben. Daniel vor Scham, seine Mutter vor Entsetzen und ich, weil ich mich umdrehte, abrutschte und dabei mit dem Kopf gegen die Bettkante schlug.

Für eine ewige Sekunde tropfte Blut aus meiner Nase auf

das weiße Bettlaken und alles blieb ruhig. Dann stieß Daniels Mutter einen Schrei aus, gegen den, um im angemessenen biblischen Kontext zu bleiben, die Trompeten von Jericho geklungen haben müssen wie ein trockener Furz.

Es folgten Monate des Verzichts, der Vorwürfe und der Gehirnwäsche. Wochenlang betete Daniels Mutter ihm vor, wir seien Sünder, für Menschen wie uns brenne in der Hölle ein extra heißes Fegefeuer. Ihren Mann weihte sie gar nicht erst ein, dafür vergoss sie selbst in dieser Zeit Tränen für zwei. Ich schätze, sie musste jeden Tag einen Löffel Kochsalz schlucken, um ihren Ionenhaushalt auszugleichen.

Und Daniel, der Idiot, ließ sich beschwatzen. Bereit dazu war er schon vorher gewesen, denn wie alle Beziehungen, so hatte auch unsere ihre Schattenseiten. Nichts könnte das besser illustrieren als unsere Reise nach China.

Jawohl, wir flogen zusammen nach China. Es war ein willkürlich bestimmtes Ziel, einer Sektlaune entsprungen. Hauptsache, eine lange Reise, Hauptsache, weit fort. Kurz nachdem wir das Abitur gemacht hatten, war das, zu einer Zeit, als ich mich in dem Irrglauben wiegte, das Schlimmste sei überstanden. Die Schule war vorbei, wir würden ein Privatleben führen, niemand würde uns jetzt noch nachspionieren.

Daniel war von der Idee begeistert. Ich selbst hielt sie für wildromantisch und sah darin die Chance, alle Vorbehalte seiner Mutter totzuküssen und ihn wieder auf meine Seite zu ziehen. Aber es funktionierte nicht. Die Seelenretterin hatte gute Vorarbeit geleistet und ihre Worte waren auf fruchtbaren Boden gefallen: Daniels Angst um seine Zukunft. Seine Zukunft, wohlgemerkt, nicht meine oder unsere. Ich schätze, die war ihm in diesem Moment schon ziemlich egal, und dass er nur deshalb mit ins Reich der Mitte kam, weil er sich mir gegenüber auf eine seltsam verquere Art verpflichtet fühlte.

China war eine Enttäuschung, aber da mir schon zu Beginn unseres Trips aufgefallen war, wie verändert Daniel sich zeigte, und mich nichts anderes beschäftigte als die Frage nach der Ursache für seine plötzliche Zurückhaltung, wäre auch der Nordpol oder der Mond eine Enttäuschung gewesen. Für die Schönheiten Kantons hatte ich kaum einen Blick übrig. Der Jangtsekiang war eine schlammige braune Brühe, Shanghai ließ mich zum ersten Mal ernsthaft über recht diktatorische Methoden der Bevölkerungsregulierung nachdenken und die Chinesische Mauer war mir so gleichgültig wie die Mauern um die Hühnerställe unserer Nachbarn zu Hause.

Daniel hingegen schien den offiziellen Teil der Reise in vollen Zügen zu genießen. Ich horchte erst auf, als er immer öfter über den Druck zu jammern begann, den die Gesellschaft auf Schwule ausübe und dem man ständig ausgesetzt sei. Er würde das nicht aushalten. Wir seien Außenseiter.

Wir hockten in einem kleinen Restaurant in Guilin. Die Sonne ging unter und tauchte Hunderte der berühmten abgerundeten Felstürme aus Kalkstein in gespenstisches, orangerotes Licht. Ich versuchte einmal mehr mit meinen Ess-Stäbchen klarzukommen und ließ sie in die Hühnerklöße fallen, als das Ding mit den Außenseitern kam. Für einen Moment vergaß ich, dass ich mich vor gut einem Jahr noch selbst dafür gehalten hatte.

Was für Außenseiter, wollte ich wissen, hey, Daniel, was für Außenseiter?

Eine halbe Stunde lang redete ich mir ohne Unterbrechung den Mund fusselig, aber es war nichts zu wollen.

Daniel hatte sich fest in den Kopf gesetzt, dass unsere Liebe zum Scheitern verurteilt war, und kein noch so ausgefeiltes Argument konnte ihn von seiner Meinung abbringen. Körperlich war er schon während der letzten Wochen auf Distanz gegangen. Von jetzt an fand unser Liebesleben überhaupt nicht mehr statt.

Den größten Hammer brachte er jedoch einige Wochen später. Weißt du, flüsterte er, alles wäre viel einfacher, wenn du eine Frau wärst.

Wir saßen in der Transsibirischen Eisenbahn und fuhren nach Hause. Draußen erstreckte sich unter einem endlos blauen Himmel die endlos langweilige Taiga, seit zwei Tagen hatten wir nichts anderes gesehen als Millionen blöder weißer Birken, der Bonsai, den ich auf den letzten Drücker in Peking gekauft hatte, kämpfte ums nackte Überleben, und jetzt kam Daniel mit so was!

Du Arschloch!, schrie ich ihn an. Du verdammtes Arschloch! Wenn du scharf bist auf eine Zukunft mit Frau und Kindern und einem BMW vor dem Eigenheim, dem euer Rassepudel die Reifen anpinkelt, wenn du von einem gut dotierten Job nach Hause kommst, dann bitte. Aber ohne mich.

Natürlich ohne mich. Das war es ja, worauf er hinauswollte.

Weißt du, was du bist?, kam die Retourkutsche. Ein selbstgerechter Blödmann, der immer nur an sich denkt!

So flogen die Vorwürfe hin und her, während wir unsere Beziehung diskutierten ... oder das, was davon übrig war. Es war die denkbar schlechteste Gelegenheit, schließlich lagen noch drei Tage Zugfahrt vor uns, aber irgendwie brachten wir auch die hinter uns, mit Würde, Anstand und einer letzten verzweifelten Liebesnacht.

Mir war zum Heulen zu Mute, doch ich heulte nicht. Später ja, lang und ausgiebig. Aber nicht vor ihm, nicht auf dieser Heimfahrt, wo jeder einzelne Kilometer, jede verdammte Birke, die draußen im Spätsommerlicht vorbeihuschte, uns dem Ende unserer Geschichte ein Stück näher brachte.

Es regnete, als wir in Deutschland ankamen. In Moskau hatte Daniel ein Telegramm aufgegeben und seine Eltern holten ihn in Berlin ab, Bahnhof Zoo. Es gab Tränen, anklagende Blicke, Unverständnis und jede Menge Krach. Wir verabschiedeten uns im Streit. Trotzdem gab mir dieser Mistkerl allen Ernstes noch die Hand.

Danach haben wir uns nie wieder gesehen.

Das heißt, bis letzte Woche. Daniels Anruf hatte mich kräftig aus dem Gleis geworfen, obwohl inzwischen immerhin acht Jahre vergangen waren.

Tief deprimiert fuhr ich zu der Hochzeit, aber ich nahm Bernd mit. Nur für den Fall ...

Es war eine lange Strecke mit dem Auto, unterwegs gab es einen Stau und am Ende verfuhren wir uns mehrmals und mussten nach dem Weg fragen, bis wir endlich das Bürgerhaus in Daniels Heimatdorf gefunden hatten. Wir kamen an, als die Hochzeitsgesellschaft sich gerade im Festsaal zum Gruppenfoto aufgestellt hatte.

Daniel und eine gut aussehende Frau standen im Vordergrund, in dem Pulk dahinter erkannte ich seine Mutter. In ihren Augen standen Tränen der Dankbarkeit, vermutlich, weil Gott ein Einsehen gehabt und ihren Sohn endgültig dem Teufel entrissen hatte.

Ich ging auf die Gruppe zu, schüttelte der Braut die Hand, dann umarmte ich Daniel vor allen Leuten, lange und heftig. Man hätte eine Stecknadel fallen hören können. Meine Kehle brannte.

Du hast also erreicht, was du wolltest, sagte ich leise.

Und Daniel lächelte. Er lächelte sein halb spöttisches, halb trauriges Lächeln, das ich so gut kannte, und plötzlich waren die letzten Jahre wie ausgelöscht. Dieses verdammte Lächeln zog mir immer noch die Schuhe aus, und über einen Abgrund von acht Jahren hinweg stieg mir der Geruch seines Rasierwassers in die Nase, obwohl es in dem Schuppen nur nach Bier und kalten Hühnerschenkeln roch.

Daniel deutete auf Bernd, der sich unauffällig im Hintergrund hielt. Nein, du hast es erreicht, erwiderte er.

Ich verstand nicht sofort, was er damit meinte, und als ich endlich begriff, war Daniel schon von seiner Frau auf die Tanzfläche geschleift worden. Die Kapelle hatte den Kaiserwalzer angestimmt und das glückliche Paar tanzte unter funkelnden Lichtern über das glänzende Parkett. Die Musik brauste auf, wurde lauter und lauter und dann waren es Dutzende von Paaren, die sich wirbelnd drehten. Daniel winkte mir zu, aber das Lächeln war aus seinem Gesicht verschwunden, aus seinem schönen Gesicht. Und aus irgendeinem Grund dachte ich plötzlich an den kleinen Anker am Revers meines Matrosenanzugs.

DIE KATZE

Ihr Vater kaufte die Katze an einem der unzähligen Souvenirstände in den lärmenden, menschenüberfüllten Gassen Kairos. Aus jedem Urlaub schleppte er irgendwelches Zeugs nach Hause und immer mussten es Mitbringsel sein, die mehr besaßen als den üblichen Andenkenwert. Beliebt war ein symbolhaftes Stück Kultur, gern genommen wurden aber auch Objekte, die auf die Geschichte des jeweils besuchten Landes hinwiesen. An diesen Ansprüchen gemessen, war Schönheit Nebensache. Nur in den besten Fällen gaben sich Ästhetik und Nutzwert die Hand – und die Katze war hässlich, einfach nur hässlich. Kat schätzte die aus glatt poliertem, gelblichem Sandstein gefertigte Statuette auf knapp vierzig Zentimeter Höhe. Das Tier war zu schlank. Die schmalen, pupillenlosen Augen standen übertrieben schräg und zu eng beieinander, die Ohren waren definitiv zu spitz. Das Vieh, entschied sie, sah aus, als sei es den Seiten eines japanischen Comics entsprungen. In jedem der von ihnen abgeklapperten Museen – und, oh, ihr lieben Daheimgebliebenen, wir reden hier von sieben oder acht dieser langweiligen Schuppen! – hatten Vorbilder dieser Plastik gestanden. Heilige Katzen neben heiligen Ibissen, heiligen Schakalen und heiligen Falken, und manchmal irgendwo dazwischen – die Hinterlassenschaft respektloser Touristen – ein paar unheilige McDonald's-Verpackungen.

Sie wandte sich ab, wartete ungeduldig, während ihr Vater dem seelenruhig ausharrenden Verkäufer mit Händen und Füßen zu erklären versuchte, warum seiner Ansicht nach die Steinfigur überteuert sei. Ihr Blick blieb an ihrer

Mutter hängen, die sich im Hintergrund hielt und schwitzte, einfach nur schwitzte. Sie hielt ein Taschentuch in der linken Hand, das für Kats Empfinden auffällig, beinahe unpassend weiß, leuchtend weiß wirkte in all diesem Gassendreck. Beim Einstecken war dieses Taschentuch garantiert nur dazu gedacht gewesen, sich im Falle eines Falles die Nase damit abzuwischen. Nur für diesen einen Zweck, denn für ihre Mutter hatte jedes Ding, jedes Objekt nur einen einzigen spezifischen, nämlich den von irgendwem irgendwann zu einer Norm erhobenen Verwendungszweck. Jetzt stand ihre Mutter da und rang wohl mit dem Gedanken, ob sie das Taschentuch dazu benutzen durfte, sich den Schweiß von der Stirn zu wischen oder sich damit Luft zuzufächeln. Der hellblaue, knielange Rock passte nicht zu den Birkenstock-Sandalen. Völlig absurd. Ein Bild des Jammers. Warum musste die Frau immer so verdammt hilflos wirken?

Dieser Urlaub war ein Flop, so wie jeder Urlaub mit ihren Eltern ein Flop war, weil er kein wirklicher Urlaub war, sondern eine klassische Bildungsreise. Ägypten, Kairo ... Das war vor allem Lärm, das war der Staub, der dir heiß in die Lungen fuhr. Das waren ewig bettelnde Kinder, die sich an deine Rockzipfel hängten, kaum dass du aus dem Hotel auf die Straße tratest, schwarzäugige Jungen und Mädchen, bei denen du höllisch aufpassen musstest, dass nicht eines von ihnen wie ein Wasserfall auf dich einredete, mit Händen und Füßen gestikulierend, während seine Freunde dir dabei von der Seite oder von hinten unbemerkt in die Taschen griffen und das Urlaubsgeld klauten, die Pässe, deine Kaugummis, verdammt, sogar die blöden Zigaretten, von denen ihre Eltern nichts wissen durften.

Dann die Ausflüge in die Wüste. Mein Gott, dieser endlose Sand, in dessen einziger Farbe, einem monotonen Ockergelb, ihre Mutter tausenderlei feinste Nuancen und Schattierungen entdeckte, entdecken *musste,* schließlich hatten sie dafür bezahlt. Ein Sonnenaufgang aus dem voll besetzten klimatisierten Reisebus heraus, der Gott Ra erklomm den Horizont, erklärte der Reiseführer, und wie die Reisenden alle ahhh und ohhh gekeucht hatten, als hätten sie noch nie die Sonne aufgehen sehen, als hätten sie bisher gar nicht gewusst, dass es diesen leuchtenden Stern gab, der über der ägyptischen Wüste genauso lahm den Horizont heraufkroch wie sonst wo auf der Welt. Bestenfalls war die Luft ein wenig klarer gewesen und, Kat räumte es widerwillig ein, es hatte schon etwas Großartiges gehabt, diesen Sonnenaufgang in aller Frühe zu erleben, in der von der kalten Wüste bewachten Stille, einer Stille, die doppelt schwer wog, nachdem man Kairo erlebt hatte. Und zugegeben, die Farbe des Sandes hatte sich tatsächlich ein wenig geändert, oder, na gut, auch ein bisschen mehr als ein wenig. Es war schön gewesen, wundervoll, der einzige tatsächlich erhebende Moment der Reise.

Aber dann die Sphinx und die Pyramiden: Touristen, wohin man auch blickte, und die obligatorischen Basare mit ihren feilschenden Händlern. Wieder das Getue der Besucher, diesmal um die fehlende Nase der Sphinx, die seit dreitausend Jahren zu Tode gelangweilt im Wüstensand kauerte und garantiert nur deshalb grinste, weil alle Welt einen dermaßen hysterischen Zirkus um ihren abgefallenen Zinken veranstaltete. Und während ihr Vater mit Blick auf die Cheopspyramide dozierte, man müsse sich dieses Zeugnis architektonischen und logistischen Genies ansehen, das letzte erhaltene der sieben Weltwunder – wie hießen die anderen sechs, Katja? –, dachte Kat an die Zehntausende, die sich hier über dreißig Jahre Bauzeit hinweg für irgendeinen größenwahnsinnigen Pharao totgeschuftet hatten, die Sand und Staub geschluckt hatten, die verdorrt waren unter einer brennenden Sonne, angetrieben von ungeduldigen, mörderischen Peitschenschlägen, während der palmenbewedelte Gottkaiser in seinem schattigen Palast rumgehangen und sich von Sklavinnen die Haut mit ätherischen Ölen hatte einpinseln lassen, zehn Mark die Flasche am nächsten Stand, uraltes Originalrezept, *good for skin, lady, hey, beautiful lady, verrry good for skin!*

Scheiß auf Ägypten! Niemals erfolgte die Auswahl der Urlaubsländer nach dem Spaßprinzip. Ein gewöhnlicher Badeurlaub an der Mittelmeerküste war undenkbar. Wollte man schwimmen, so war man auf den winzigen Pool des Hotels mit seinen handtuchschmalen Liegeplätzen angewiesen, doch selbst da hätte sie jetzt gern gelegen, wie sie jeden Tag gern dort gelegen hätte. Ras Streitwagen würde über sie hinwegrollen und seine Räder bronzene Spuren auf ihrer Haut hinterlassen. Aber Kultur ging vor. Natürlich, überlegte sie, hätte sie diesen letzten Ausflug boykottieren und einfach im Hotel bleiben können. Wenn sie ihren Kopf durchsetzen wollte, setzte sie ihn durch, das war schon immer so gewesen. Doch das hätte Streit bedeutet, mindestens aber eine langwierige, wortreiche Auseinandersetzung. Solche Auseinandersetzungen kosteten Energie, und Energie war genau das, was die kochende, mit Staub erfüllte Luft einem hier auf Schritt und Tritt entzog. Ägypten war einfach zu verdammt heiß.

Der Kauf schien endlich perfekt zu sein. Der Händler grinste, ihr Vater bezahlte die hässliche Katze. Er zog das Geld so zaghaft aus dem Sicherheitsgürtel, als erwartete er jeden Moment den Angriff einer Straßenbande. Und dieses

Übermaß an Vorsicht wäre, dachte Kat, völlig okay, wenn er es unterlassen würde, dabei so offensichtlich bemüht unverängstigt zu wirken, denn man war zu Gast in diesem Land, was sollten die Menschen denken, wenn man ihnen das Gefühl vermittelte, sie täten das, was sie tatsächlich taten: einen hier an jeder Ecke auszunehmen.

Egal. Sollte er gucken, sollte er bezahlen, und dann nichts wie ab ins Hotel. Ein letztes Abendessen, eine letzte Nacht, ein letztes Frühstück, dann ging es zurück nach Hause, amen.

Ihr Vater grinste unsicher zu ihr hinüber und zuckte die Achseln; sie grinste zurück. Ganz gleich, was die Katze letztlich gekostet hatte, sagte sein Blick, der Preis war in jedem Fall zu hoch gewesen. Und selbstverständlich war die Katze auch, entgegen den Aussagen des Verkäufers, kein wirklich antikes Stück. Eine Replik eben, wenn auch keine Massenanfertigung, doch im Gegensatz zum Original erschwinglich, und wer wusste schon, wie viele Mäuler der arme Verkäufer zu ernähren hatte, man hatte also ein gutes Werk getan und, so sagte der Blick ihres Vaters, so sagte das Grinsen, hinter dessen Unsicherheit sich auch ein wenig stolzer Trotz versteckte: Man hatte sein Mitbringsel.

Zu Hause landete die Katze, erste Amtshandlung ihres Vaters, als zentraler Blickfang auf der Kommode aus Buchenholz. Das gesamte Mobiliar des Wohnzimmers, ausgenommen das gemütliche alte Sofa, bestand aus Buchenholz. Kat hatte sich schon vor Jahren daran satt gesehen. Alles abgerundet. Keine Ecken, keine Kanten. Ähnlich sah es auch bei den Kolleginnen und Kollegen ihres Vaters aus. Aus irgendwelchen ihr verborgen bleibenden Gründen schienen Lehrerwohnzimmer zum Buchenholz-Dasein verdammt.

Von der Kommode aus würde die Katze in den folgenden Monaten und Jahren, bis zu ihrer Ablösung durch ein attraktiveres Objekt, dem Familienleben zusehen – oder dem, was hier dafür gehalten wurde, dachte Kat.

»Jedenfalls bin ich froh, dass dieser Affenzirkus vorbei ist und wir wieder hier sind. Nächstes Jahr ist Malta angesagt. Klingt eigentlich ganz harmlos, findest du nicht?«

»Kreuzritter«, sagte Phil knapp am anderen Ende der Leitung. »Oder sogar Templer. Die sind da durchgekommen, im elften oder zwölften Jahrhundert, glaube ich. Vielleicht kauft dein Vater dann ein schickes Kettenhemd als Souvenir.«

»Ach, drauf gepfiffen.« Kat drehte sich auf ihrem Bett von der Seite auf den Rücken. »Es ist fürchterlich, aus dem Urlaub nach Hause zu kommen, auch wenn der Urlaub selbst fürchterlich war! Als würde man, ich weiß nicht, ein Vakuum betreten oder so. Ich glaube, ich bin noch gar nicht richtig wieder hier.«

»Kenn ich, das Gefühl. So ging es mir, als ich vor zwei Jahren aus Griechenland zurückgekommen bin.«

»Da warst du aber viel besser drauf, als ich es jetzt bin, wenn ich mich recht erinnere.« Sie lauschte ins Telefon. Plötzliche Stille. »Was ist, grinst du jetzt?«

»Und wie.«

Sie grinste ebenfalls. »Wann sehen wir uns? Ich hab Lust auf Eis. Es gibt in ganz Ägypten kein Kirscheis.«

»Ich bin völlig abgebrannt.«

»Ich hab schon geahnt, dass mich zu Hause sensationelle Neuigkeiten wie diese erwarten. Du bist eingeladen, okay?«

Sie verabredeten sich für den späten Nachmittag in der Eisdiele.

Kat atmete tief durch. Die Aussicht auf das Treffen mit Phil besserte ihre angeschlagene Laune merklich. Sie blieb auf dem Bett liegen, räkelte sich, starrte zur Decke. Irgendwann, das wusste sie, würde es zu einem Problem für sie werden, dass sie, von Phil abgesehen, keine Freunde hatte. Korrektur: Es war jetzt schon ein Problem. Bis vor drei Jahren war da Eva gewesen, ihre einzige Cousine. Sicher keine beste Freundin, aber möglicherweise hätte sie eine werden können, wäre Evas Vater von seiner Firma nicht als neuer Unternehmensleiter einer Walzfabrik in den südlichsten Zipfel des Landes versetzt worden. Eines Tages war der Umzugswagen gekommen, und damit tschüs, Eva. Kat hatte stundenlang geheult. Eine Weile hatten sie einander noch geschrieben, doch die Briefe waren mit der Zeit immer kürzer ausgefallen, der Kontakt immer oberflächlicher geworden. Schließlich war er ganz abgerissen. Am Schluss hatte Eva nur noch von Klamotten, irgendwelchen Musikgruppen und den gerade angesagten Filmen geschrieben, nichts sagende Berichte über ein Lebensgefühl, das Kat nicht kannte und von dem sie spürte, dass es ihr nicht entsprach. Klamotten waren ihr egal, Filme sah sie sich bestenfalls im Fernsehen an und was Musik anging, überlegte sie, war sie wahrscheinlich durch ihren Geigenunterricht versaut.

»Mist«, murmelte sie. Sie stand auf, sah sich im Zimmer um, dann begann sie ihren Koffer auszupacken, schmutzige Wäsche zu sortieren, Bücher zurück ins Regal zu stellen.

Worüber Eva am ausführlichsten geschrieben hatte, noch bevor sie Brüste bekommen und ihren ersten BH gekauft hatte, waren irgendwelche Typen, hinter denen sie gerade her gewesen oder von denen sie selbst verfolgt worden war. Und das, überlegte Kat, war das nächste Problem: Jungen. Ein fester Freund. Phil könnte natürlich genau ihr Fall sein.

Sie passten wunderbar zusammen, sie stimmten in so vielen Dingen überein, dass es beinahe unheimlich war. Doch die Sache mit Phil hatte den kleinen Schönheitsfehler, dass er sich nichts aus Mädchen machte. Er fuhr ausschließlich auf andere Typen ab. Vor zwei Jahren war er mit seinem Onkel auf einer Jolle über das Mittelmeer geschippert, Richtung Griechenland. Und während sie selbst an Griechenland nur verschwommene Erinnerungen besaß – sie war elf gewesen, als ihre Eltern sie mitgenommen hatten, um sie auf der Peloponnes von einem Tempel zur nächsten heiligen Kultstätte zu scheuchen –, sie also bereits damals das Opfer elterlichen Kulturterrors gewesen war, war Phil am Sandstrand der hellenischen Mittelmeerküste von einem knackigen Jungen vernascht worden, den sein Onkel ihm zum Geburtstag spendiert hatte, sozusagen. Beneidenswerte Verwandtschaft! Kein Wunder, dass ihre Eltern es nicht gern sahen, wenn sie sich mit Phil traf.

Sie raffte einige bunte Blusen und T-Shirts zusammen und trug das Bündel in die Waschküche im Keller. Letztlich wäre Phil, da machte sie sich nichts vor, sowieso keine passende Lösung. Er war ein ebensolcher Außenseiter wie sie selbst. Lebte mit seiner Mutter und Schwester am äußersten Stadtrand in diesem langsam zerbröselnden Herrenhaus und blieb, obwohl er und Dianne hier geboren waren, für die alteingesessenen Stadtbewohner doch immer der zugereiste Amerikaner. Die Mutter wurde wegen ihrer Männergeschichten, und weil sie für eine lesbische Anwältin arbeitete, im Ort schräg angesehen, nach landläufiger Meinung gab es also nur Perverse in der Familie und unter deren Bekannten. Dazu kam Phils Schwester mit ihrer demonstrativen Zurückgezogenheit in sich selbst. Dianne war einfach nur seltsam – und das war noch milde ausgedrückt. Bloß nicht so werden wie sie, dachte Kat, o Gott, lass mich bloß nicht so werden wie sie!

Sie stopfte rasch die Wäsche in die Maschine, kippte Waschpulver in die Lade, das mit blauen Körnchen versetzt war, die verdächtig nach zerstoßenem Rattengift aussahen, und stellte den Regler auf dreißig Grad. Ein leises elektronisches Summen, dann das Zischen einströmenden Wassers.

Kat hockte sich im Schneidersitz vor der Waschmaschine auf den kühlen Fliesenboden. Ihre Augen brannten. Scheiße! Es war einfach ein Albtraum, die Tochter des Schuldirektors zu sein, laufend von allen beobachtet zu werden, von ihrem Vater und ihrer Mutter allen voran, ständig Vorbild sein zu müssen, eine fabelhafte Schülerin, wenn möglich Klassenbeste, die Intelligenz dazu hast du, Katja, so etwas ist ein Gottesgeschenk, damit geht man nicht leichfertig um. Noch mal Scheiße! Sie wischte sich über die Augen. Das Brennen war unerträglich geworden. Was wusste ihr Vater schon davon, was es hieß, sich so allein zu fühlen? Er hatte seine Frau. Er hatte seine verdammten Buchenholz-Kollegen.

Sie starrte in die langsam rotierende Trommel der Waschmaschine, studierte ihr Spiegelbild in der Tür. Blonde, kurze Haare. Blaue Augen. Hübscher Mund, eigentlich. Dazu die in Ägypten erworbene Bräune: alles in allem nicht unattraktiv. Sie beugte sich ein wenig vor und fletschte die Zähne zu einem übertriebenen Grinsen. Die etwas zu großzügig ausgefallene Lücke zwischen den beiden Schneidezähnen war ein Problem, aber nicht zu ändern. Früher hatte sie eine Zahnspange getragen, das nervige Folterinstrument aber, nachdem sein Einsatz über längere Zeit ohne nennenswerte Resultate geblieben war, feierlich im Fluss versenkt. Eigentlich, beschloss Kat mit einem letzten Blick in die Trommel, sah sie gut aus. Eigentlich gab es keinen Grund, warum nicht irgendein Typ auf sie abfahren sollte.

Sie schloss den Mund.

Schluss mit Selbstmitleid und brennenden Augen.

Es war allerhöchste Zeit, die Dinge zu ändern.

Kräftiger Wind bewegte die hohen Kastanienbäume, das durch das Geäst fallende Spätsommerlicht zauberte Schatten, die wie große Vögel über den Pausenhof jagten. Nicht mehr lange, überlegte Kat, und die ersten gelben Blätter würden zu Boden trudeln, die ersten warmen Pullis aus den Schränken gekramt werden, der morgendliche Schulweg in Dämmer und Nebel getaucht sein.

»Und wieso ausgerechnet der?«, fragte Phil.

»Er sieht gut aus, findest du nicht?«

»Geschmackssache.« Phils linke Augenbraue war nach oben gerutscht. Er beäugte, über die Köpfe einiger anderer den Pausenhof bevölkernder Schüler hinweg, misstrauisch den Jungen, den Kat ihm gezeigt hatte.

»Mein Geschmack ist hervorragend und absolut unbestechlich!«, verteidigte sie sich.

»Fragwürdig wäre das bessere Wort.«

»Blödnase wäre das bessere Wort, und zwar für dich!« Kat ließ zu, dass ihr Grinsen unsicher ausfiel. Phil gegenüber konnte sie sich das gestatten. »Ich hab alles genauestens überprüft. Er erfüllt alle Ansprüche, die Mädchen meines Alters an einen Typen stellen.«

»Die da wären?«

Sie zuckte die Achseln. »Gutes Aussehen und eine Jahrgangsstufe höher. Größer als ich, aber nicht zu groß. Keinesfalls doof, kann mir aber intellektuell nicht das Wasser reichen. Ich hab mir seine letzten Zeugnisse in Papas Akten angeschaut, weißt du.«

»Miststück!«

»Und außerdem hat er etwas … Vernebeltes.«

»Charmant.« Phil lachte leise. »Vernebelt klingt wie geistig umnachtet. Lass ihn das bloß nicht hören!«

»Ich meine damit, er hat etwas, das nicht sofort durchschaubar ist«, verbesserte Kat sich schnell. »Ich will keinen Kerl, der sein Herz aufmacht und es mir vor die Füße schmeißt, damit ich darin lese wie in einem offenen Buch.«

Phil wandte sich ihr zu. »Du kannst dich nicht in einen Menschen verlieben, bloß weil du dir das vornimmst. Gefühle kann man nicht einfach anschalten und abschalten.«

»Sagt wer?«

»Sage ich und jede Briefkastentante in jeder Beratungsecke von jeder Frauenzeitschrift.«

»Vielleicht können andere das nicht. Ich kann.«

Phil seufzte. »Wie kommt's bloß, dass ich das befürchtet habe?«

»Weil du mich kennst.«

»Meine Mutter sagt, dich zu kennen wäre nicht gut für mich.«

»Du lügst.«

»Natürlich.« Er stellte sich auf die Zehenspitzen und sah erneut zu Thomas, der sich mit zwei anderen Jungen unterhielt und ab und zu laut auflachte. Er schüttelte den Kopf. »Also gut, meinen Segen hast du. Seinetwegen werden wir uns jedenfalls nicht in die Quere kommen.«

»Wäre auch völlig undenkbar unter Freunden«, gab Kat zurück. »Und damit, mein Bester, gehe ich über zu Stufe eins meines Plans.«

»Was hast du vor?«

Ihr Blick war auf Thomas gerichtet. »Ich marschiere jetzt zu ihm rüber und quatsche ihn an.«

»Hm ... Wie viele Stufen hat der Plan insgesamt?«

Kat hatte bereits die Schultern gestrafft und setzte sich in Bewegung. »Eine. Ich schätze, eine reicht völlig aus.«

Ihre Eltern stritten nie laut miteinander. Tatsächlich konnte sie sich nicht erinnern, von ihrem Vater oder ihrer Mutter je ein einziges lautes Wort gehört zu haben, wenn sie sich in den Haaren gehabt hatten. Nicht, dass sie oft stritten. Für den Fall, dass die Vorlieben des einen mit Abneigungen des anderen kollidierten, hatten sie sich längst arrangiert, und das nicht einmal schlecht. In den zwanzig Jahren ihrer Ehe hatten sie gelernt, sich gegenseitig zu respektieren. Sah man sich in ihrem Bekanntenkreis um, wo es von geschiedenen Paaren nur so wimmelte, war das kein geringer Erfolg. Ob sie sich allerdings noch liebten ... Auch das war etwas, woran Kat sich nicht erinnern konnte: je gesehen zu haben, wie ihre Eltern Zärtlichkeiten miteinander austauschten.

Wenn sie selbst mit ihnen stritt, wünschte sie sich manchmal, ihre Eltern *würden* schreien, weil es ihr dann leichter fallen würde, sich zur Wehr zu setzen. Sie war laut, schlug um sich, und lieber brüllte sie, als still in sich hineinzuschmollen. Erst schreien, dann nachdenken, und zum Teufel mit den Konsequenzen. Über die konnte man sich später den Kopf zerbrechen. Der Austausch durchdachter Argumente oder ein sachliches Abwägen unterschiedlicher Meinungen gehörte nicht zu ihren Stärken. Auf diese Art zu streiten erforderte Energien, die ihr fehlten. Wenn sie zu Hause tobte, erhielt sie irgendeine vernünftige Antwort, die ihr über kurz oder lang wie ein Kloß im Hals steckte und ihrer Wut die Luft nahm. Da sich jedoch gezeigt hatte, dass ihren Eltern im Konfliktfall nur überlegt beizukommen war, hatte sie schließlich, eher unbewusst als vorsätzlich, aus der Not eine Tugend gemacht und sich eine scharfe Zunge zugelegt. Sie wusste von sich, dass sie wahlweise ironisch, sarkastisch, zynisch und vor allem ungerecht sein konnte. Sie schreckte nicht davor zurück, Worte wie Keulen einzusetzen. Je tiefer ein verbaler Schlag unter die Gürtellinie getroffen hatte, umso besser. Manche ihrer Lehrer und ausnahmslos alle Mitschüler hatten einen Heidenrespekt vor ihr. Doch hinter jedem dieser überlegten Angriffe spürte sie ihre kaum zu bezähmende Wut, die wie ein angekettetes Tier nach Freiheit gierte.

Als sie auf Thomas zuging, um ihn anzusprechen, spürte sie schon im Vorfeld ihre gereizte Abwehrbereitschaft. Sie war auf alles gefasst, vor allem darauf, dass er ihr ausweichen und gleichzeitig versuchen würde, sich über sie lustig zu machen. Zu ihrem Erstaunen musste sie jedoch feststellen, dass nichts dergleichen geschah. Thomas war ein wenig irritiert, möglicherweise auch peinlich berührt, weil einer der Jungen, mit denen er sich soeben unterhalten hatte, ein viel sagendes Grinsen und, sich unbeobachtet fühlend, eine noch vielsagendere Handbewegung machte. Es war genau das Ventil, das sie brauchte. Kat wandte sich dem Jungen zu, sagte ihm, wohin er seine Hand stecken könne, und erntete dafür von Thomas ein anerkennendes Lachen.

Später konnte sie sich nicht daran erinnern, was sie an diesem Tag auf dem Schulhof zu ihm gesagt oder was er darauf erwidert hatte. Und noch später, als die kaum zehn Wochen währende Beziehung mit ihm beendet war, eine Geschichte, über die sie selbst Phil gegenüber kaum je ein Wort verlor, fragte sie sich, warum Thomas so wenig Eindruck bei ihr hinterlassen hatte. Es wollte sich kein Bild von ihm einstellen, wenn sie an ihn dachte, es fiel ihr schwer, sich seine Stimme zu vergegenwärtigen, sein Lachen, seinen Mund, der sie geküsst hatte, den warmen nackten Körper, der neben ihr gelegen hatte. Wo sie glaubte, eine nicht unbedingt schmerzende, aber doch irgendwie spürbare Lücke vorfinden zu müssen, stieß sie stattdessen auf ein schweigendes, gesichtsloses Nichts. Sie hatte Thomas aus ihrem Leben gestrichen, bedauerte sich selbst mehr als ihn und spürte, dass die ganze Geschichte ihr nicht mehr gebracht hatte als ein graues Vakuum in ihrem Kopf, das sich beinahe so groß und mächtig anfühlte wie das in ihrem Herzen.

Zu Beginn machte er es ihr nicht leicht. Als der Herbst kam und sie nachrechnete, auf wie vielen Stufen, inklusive aller diplomatischen und taktischen Verzweigungen, ihr Plan inzwischen aufbaute, kamen ihr langsam Zweifel, ob ihr Vorhaben überhaupt je in die Tat umzusetzen war. Gut, sie hatte Thomas angesprochen. Aber hatte sie allen Ernstes erwartet, er würde sofort vor ihr in die Knie gehen und ihr ewige Liebe schwören? Sie hatte mit ihm kokettiert, sie hatte ihn angelacht, hatte ihn bewundert, ihm Fragen gestellt, Interesse an seinen Meinungen über Gott und der Welt bekundet; sie hatte, kurz gesagt, nie zuvor in ihrem Leben so viel geheuchelt. Und dennoch waren Wochen vergangen, bis er endlich nachgegeben und einem Treffen unter vier Augen zugestimmt hatte.

Wie sie überrascht feststellte, war es gerade seine offensive Unzugänglichkeit, die ihr Interesse an ihm wach hielt und den Wunsch, ihm näher zu kommen, weiter anfeuerte. Seine zögerlichen Reaktionen auf ihre Annäherungsversuche machten ihn plötzlich attraktiver, als sie ihm zugestehen wollte, und weckten in ihr etwas, das sie selbst als sportlichen Ehrgeiz bezeichnete, von dem jedoch Phil behauptete, es sei nicht mehr als ein niedriger, im Grunde verabscheuungswürdiger Jagdinstinkt. Aus Angst vor weiterer Kritik und erfüllt von der vagen Furcht, er könne ihr einen Spiegel vorhalten, in den sie um nichts auf der Welt hineinblicken wollte, schränkte sie daraufhin den Kontakt zu Phil ein. Sie bat ihn um Verständnis und versprach Besserung, sobald sie sich im Klaren darüber war, was sie eigentlich wollte. Phil schluckte, beklagte sich aber nicht. Ihr schlechtes Gewissen wog schwer, trotzdem war sie froh, sich nun unbeeinflusst ganz dem Vorhaben widmen zu können, das sie inzwischen fast mit Besessenheit erfüllte: Thomas zu erobern.

Ende Oktober, kurz nach den einwöchigen Herbstferien, drehte sie den Spieß um, hielt sich probehalber für drei Tage völlig von ihm fern und bedachte ihn mit Nichtachtung. Bisher hatten sie sich in den Pausen wenigstens zugelächelt, hin und wieder auch ein paar Worte miteinander gewechselt. Jetzt ignorierte sie seine Blicke. Am vierten Tag kam er bereits zwischen der ersten und zweiten Stunde quer über den Schulhof auf sie zu und fragte, ob etwas vorgefallen sei, irgendetwas, das sie gegen ihn einnahm, wofür er sich, falls dies der Fall sein sollte, bei ihr entschuldigen wolle. Seine Augen leuchteten, seine Ohren waren rot angelaufen. Sie hatte ihn an der Angel. Es war das erste Mal, dass sie die angeblich alte, von Phils Mutter vertretene Theorie bestätigt fand, nach der man sich nur durch radikalen Entzug interessant machte. Das Konzept gefiel ihr nicht, obwohl sie davon profitierte. Sie betrachtete es als eine tiefe Beleidigung menschlicher Intelligenz.

Etwa um dieselbe Zeit ertappte sie sich auch zum ersten Mal bei einem Zwiegespräch mit der Katze. Zu Hause, auf dem Sofa sitzend, ein Kissen auf dem Schoß, sah sie die auf der Kommode thronende ägyptische Statuette an, forschte in den rätselhaften Augen, fragte: Wer bist du?

Die Katze starrte blicklos zurück und gab keine Antwort.

Im November gab Thomas endlich nach. Da sie ihn nie danach fragte, erfuhr sie auch nie, was ihn letztlich dazu bewegt hatte, doch noch auf ihre Avancen einzugehen. Vielleicht war es derselbe beinahe übermächtige, bis dahin nie verspürte Wunsch, den auch sie hatte: nicht allein dem beginnenden Winter die Stirn bieten zu müssen; sich an jemanden anschmiegen zu können, während draußen der Frost das Land zum Erstarren brachte; sich warm und geborgen zu fühlen und nicht daran denken zu müssen, wie sehr frisch gefallener Schnee manchmal einem Leichentuch glich; sich beschützt zu wissen an Tagen, die plötzlich um so vieles kürzer gerieten als die Nächte.

Sie schrieb es ihrer intensiven Vorarbeit zu, als dann schnell Bewegung in die Sache kam. Thomas begleitete sie auf dem Heimweg von der Schule, sie gingen am Fluss entlang, über den feine Nebelschleier krochen. Er blieb stehen, nahm ihre Hand, zog sie an sich, küsste sie. Er küsste sie so lange, bis sie in Atemnot geriet. Sie beschwerte sich nicht. Stattdessen erwiderte sie seinen Kuss mit einer Heftigkeit, die sie sich nie zugetraut hätte und die ihr ein Flimmern vor die geschlossenen Augen trieb. Lieber wollte sie ersticken als auch nur den leisesten Verdacht aufkommen zu lassen, diesen Moment nicht ebenfalls herbeigesehnt und sich nicht innerlich darauf vorbereitet zu haben.

Es dauerte nicht lange und er besuchte sie zu Hause. Ihre Eltern enthielten sich nahezu jeden Kommentars. Solange die Schule nicht darunter litt, war das Verhältnis ihrer Tochter zu diesem Jungen akzeptabel, ja sogar erwünscht: Im Tennisclub erzählte ihre Mutter stolz, Kat habe einen festen Freund gefunden. Kat achtete sorgfältig darauf, sich in keine kompromittierende Situation zu manövrieren. Die Tür zu ihrem Zimmer blieb geöffnet, wenn sie sich dort mit Thomas aufhielt, was selten genug der Fall war. Die meiste Zeit verbrachten sie im Wohnzimmer bei belanglosen Gesprächen, die nur durch das regelmäßige, von fadenscheinigen Argumenten begründete Auftauchen ihrer Mutter unterbrochen wurden.

Kat besuchte Thomas nur wenige Male. Bei keiner dieser Gelegenheiten waren seine Eltern zu Hause. Sie saßen in seinem Zimmer, hörten Musik, tranken Tee, unterhielten sich über die Schule oder das Fernsehen. Wenn Thomas sie küsste, ließ Kat zu, dass seine Hände unter ihr T-Shirt wanderten. Seine unsicheren Berührungen erregten sie nicht, noch wurden sie von ihr erwidert. Spätestens nach einer Stunde ertappte sie sich bei wiederholten Blicken auf ihre Armbanduhr.

In der Schule traten sie nicht als Paar auf. Wenn er mit seinen Freunden sprach, sonderte sie sich ab. Sie spürte die neugierigen Blicke, wusste, dass in diesen Zirkel aufgenommen zu werden die Chance war, auf die sie gewartet hatte, und hielt sich dennoch fern. Etwas in ihr sträubte sich. Sich auf seine Freunde einzulassen bedeutete, sich auch tiefer auf ihn einlassen zu müssen.

Nahezu unbemerkt von ihr selbst hatte sie sich inzwischen angewöhnt, nachmittags zu Hause im Wohnzimmer zu sitzen und stille Zwiesprache mit der Katze zu halten. Wäre sie gefragt worden, um was es bei diesen einseitigen Unterhaltungen ging, hätte sie keine Antwort geben können. Sie fühlte sich von den Augen der Katze hypnotisiert, mehr als einmal versank sie in dem honiggelben, pupillenlosen Blick und schlief darüber ein, und so fand ihre Mutter sie vor: auf dem Sofa liegend, ruhig atmend, den Körper fest um das in den Schoß gedrückte Kissen geschlungen.

Von Anfang an waren seine Küsse unbeholfen gewesen und wenig geduldig. Meistens empfand Kat sie als rau und fordernd, beides Attribute, die sie weder störten noch beunruhigten. Das Wissen darum, vordergründig von Thomas erobert zu werden, während tatsächlich mit jeder seiner drängenden Zärtlichkeiten *er* von *ihr* erobert wurde, machte seine Ungeschicklichkeit mehr als wett. Sie triumphierte.

Wie sie erwartet hatte, waren ihm die von ihr gewährten Freiheiten bald nicht mehr genug. Wenn sie ihn abwehrte, immer lächelnd, aber bestimmt, legte sie in ihren Blick das Versprechen nach mehr, nach bald. Wenn Thomas dann gegangen war, manchmal dicht an der Grenze zum Beleidigtsein, spürte sie mit der Zunge dem Brennen auf ihren Lippen nach, während ihr Geist das gleichfalls zurückgebliebene, durch seine Küsse angefeuerte Verlangen nach *mehr Wissen* zu erforschen versuchte. Diesem Verlangen nachzugeben würde sich auf Dauer nicht aufschieben lassen. Sie hatte auch keineswegs vor, nicht nachzugeben. Sie wollte lediglich ausreichend auf diesen Moment vorbereitet sein, innerlich wie äußerlich. Schließlich betrat kein Forscher den Dschungel ohne gute Ausrüstung. Die entscheidende Frage zu stellen, würde sie ihm überlassen. Früher oder später, dessen war sie sicher, führte ihn kein Weg daran vorbei.

»Was würdest du sagen, wenn ich sagen würde, ich würde gern mit dir schlafen?«

»Ich würde sagen, dass du innerhalb eines einzigen Satzes

dreimal ›würde‹ benutzt hast.«

»Hey, lass nicht die Lehrerstochter raushängen!«

»Okay. Ich würde sagen, ich will es auch, aber noch nicht jetzt.«

»Sondern wann?«

»Irgendwann. Wenn ich das Gefühl habe, dass der Zeitpunkt der richtige ist.«

»Und könnte das so etwas sein wie ein, sagen wir mal, vorweihnachtliches Gefühl?«

»Na ja ... Ja, ich glaube, das könnte sein.«

»Aber du bist dir nicht sicher?«

»Wie soll ich mir über etwas sicher sein, von dem ich jetzt noch nicht weiß, wann oder ob es überhaupt stattfindet?«

»Weil du es auch willst. Hast du eben gesagt.«

»Können wir das Thema wechseln?«

»Wenn wir damit fertig sind, jederzeit.«

»Ich bin damit fertig.«

»Du bist nicht wir.«

»Ein Punkt für dich.«

»Kat?«

»Ja?«

»Sei nicht sauer, wenn ich das sage, aber manchmal ... manchmal hab ich das Gefühl, ich wäre für dich so etwas wie ... ich weiß nicht. So was wie eine Trophäe.«

»So ein Quatsch!«

»Ist aber so.«

»Und ich habe das Gefühl, du willst nur deshalb mit mir schlafen, weil ich die Tochter des Schuldirektors bin – wer ist dann die Trophäe?«

»Du spinnst doch!«

»Das sagt der Richtige.«

Sie wusste, dass sie mit ihm schlafen würde, obwohl sie

ihn nicht liebte. Er mochte alle Qualitäten aufweisen, die sie an jenem Spätsommertag auf dem Schulhof Phil gegenüber erwähnt hatte – er war nicht dumm, sah blendend aus, hatte genug zu erzählen –, doch nichts davon vermochte sie wirklich zu begeistern oder für ihn einzunehmen. Sie war fest davon überzeugt, dass selbst von dem sensibelsten Messgerät keine Erhöhung ihres Pulsschlags festzustellen wäre, wenn sie an Thomas dachte. Tief in ihrem Inneren flüsterte eine fremde Stimme, dies sei auch besser so.

Das Einzige, was sie für ihn empfand, war eine fast wissenschaftlich zu nennende Neugier; eine Neugier, die sich daran entzündete, wie er auf ihr Äußeres reagierte, auf ihre Worte, Gesten und Blicke, auf ihre Bewegungen unter seinen Händen, während er sie küsste. Sensibel registrierte sie seine oft hilflosen Antworten, um beim nächsten Treffen die Schrauben noch etwas fester anzuziehen, indem sie sich noch verlockender gab, ihn intensiver küsste, ihn schließlich da berührte, wo er berührt werden wollte, seinen Händen gestattete, was sie bis vor kurzem nicht erlaubt hatte. Denn das Seltsame, das ihr absolut Unerklärliche war, dass sie in seiner Gegenwart genau wusste, *was* sie zu sagen, *was* sie zu tun, *wie* sie sich zu bewegen hatte, um ihn in den Wahnsinn zu treiben und ihn auf diese Weise trotz seines instinktiven Wissens darum, dass sie ihn nicht liebte, noch fester an sich zu binden. Das war das eigentlich Interessante an ihrer Beziehung, die Bestätigung der Theorie von Phils Mutter. Das Einzige, was Kat überrascht hätte, wäre gewesen, wenn ihr Herz sich plötzlich doch noch für ihn geöffnet hätte.

Anfang Dezember kam es zu einem unangenehmen Zwischenfall mit ihrem Vater. Nein, es war mehr als unangenehm, entschied Kat: Es war ein gottverdammter Horrortrip, und auf seltsame Weise hatte er nichts und doch alles mit Thomas zu tun.

Ab und zu genehmigte sie sich heimlich eine Zigarette. Sie hatte vor einem Jahr aus purer Neugier damit angefangen und sich vorgenommen, es bald wieder zu lassen. Letztlich aber hatte sie den Zeitpunkt, an dem sie die berühmte letzte Zigarette rauchen wollte, bis auf weiteres verschoben. Es machte ihr einfach viel zu viel Spaß, auf diese Weise ihre Eltern zu hintergehen, die das Rauchen strikt ablehnten. Vor einigen Jahren, nachdem der Lungenkrebs einen Onkel ihrer Mutter ins Land ewiger Freiheit und Abenteuer geholt hatte, war die Voreingenommenheit ihrer Eltern ins Uferlose gestiegen. Rauchen war eine Todsünde, auch wenn man es, wie in Kats Fall, auf zwei bis drei Kippen pro Woche beschränkte, deren Rauch man noch nicht einmal richtig inhalierte. Es war purer Trotz. Wie sonst konnte man demonstrieren, dass man selbst über sein Leben bestimmte, und sei es, indem man es willentlich verkürzte.

Am Tag der Katastrophe stand sie auf dem Schulhof, wie immer ein wenig abseits, unbeobachtet, nahe dem Fahrradunterstand. Ab und zu stellte sie sich auf die Zehenspitzen und blickte über die Köpfe der Schüler hinweg, auf der halbherzigen Suche nach Phil. Er vermisste sie. Sie sei einfach zu beschäftigt, um sich um ihn zu kümmern, hatte sie ihm erklärt, alles sei so neu, ungeordnet, noch wenig durchdacht. Im selben Atemzug hatte sie ihm versichert, der größte Platz in ihrem Herzen gehöre immer noch ihm, würde immer ihm gehören. Sie hatte sich mehr Zeit erbeten, Phil hatte eingewilligt. Phil war in Ordnung.

Sie griff in die Innentasche ihrer Jacke, zog eine Zigarette aus der halb vollen Packung, zündete sie an, mit gesenktem Kopf, eine Hand schützend um die flackernde Flamme aus dem Feuerzeug gelegt. Als sie wieder aufblickte, stand Thomas vor ihr.

»Komm mit. Ich zeig dir endlich ein paar von meinen Leuten.« Ohne auf ihre Antwort zu warten, ergriff er ihren Arm und zog sie hinter sich her in Richtung Haupteingang. Sie schüttelte seine Hand ab. »Warte. Nicht mit der Kippe.«

»Hab dich nicht so. Es rauchen doch alle.«

»Mann, bei denen ist es auch egal! Da rennt nicht im nächsten Moment die Aufsicht zum Direktor und steckt ihm, dass sein Töchterchen auf dem Schulhof quarzt.«

Thomas duckte sich. Er presste eine Hand vor den Mund und sah sich in gespielter Angst um. »Niemand in Sicht«, sagte er schließlich beruhigend.

Kat überlegte kurz. Sie war nicht wild darauf, seine Leute kennen zu lernen. Dennoch trieb etwas sie an, ihn zu begleiten. Vor ihrem inneren Auge sah sie sich auf einer Lichtung stehen, die zu allen Seiten von einem Wald umgeben war, einem düsteren Wald, bestehend aus den Wünschen, den Hoffnungen und Maßregelungen ihrer Eltern. Dass sie auf dieser Lichtung überhaupt Fuß gefasst hatte, schrieb Kat der Beziehung zu Thomas zu. Mit ihm an ihrer Seite hatte sie ihren Eltern gegenüber Land gewonnen. Doch aus deren Perspektive musste das ein selbstverständliches Stück Freiheit sein – ein Freund war früher oder später vorgesehen, vermutlich erwünscht gewesen. Ein Freund vermochte nicht, den natürlichen Fluss der Dinge zu stören. Rauchen allerdings war etwas anderes. Wenn es etwas gab, das eine wirkliche Schneise durch den Wald brennen konnte, war es die Glut einer Zigarette.

Mit einem Achselzucken willigte sie ein. »Na gut.«

In ihrer Erinnerung geschah alles zu schnell, alles zu langsam, ein Albtraum. Sie sah sich mit Thomas den Schulhof überqueren, ihre Augen suchten unruhig, immer noch halbherzig, ergebnislos, nach Phil. Dann der Haupteingang, die laute Begrüßung. Thomas, der irgendwelchen Jungen auf die Schulter klopfte, während irgendwelche Mädchen sie anstarrten, neugierig, misstrauisch und dennoch erwartungsvoll, Mädchen, deren Namen ihr nicht einfallen wollten. Aus ihren Blicken sprach die Bereitschaft, ihr eine Chance zu geben, wenigstens eine. Kat lächelte und hasste sich dafür, sie sprach und verstand ihre eigenen Worte nicht, stieß dann aber offenbar auf Anerkennung, denn die Mädchen lächelten zurück, ihre Münder formten Worte, alles war so einfach, alles war, als hätte es nie eine Barriere gegeben zwischen ihr selbst und dem Rest der Welt.

Sie sah ihren Vater nicht kommen. Eben noch war er nicht da gewesen, eben noch hatte sie mit Thomas gescherzt, mit den Mädchen gelacht, selbstbewusst die Zigarette zwischen den Fingern gehalten. Thomas und seine Leute wurden Zeuge, als der Direktor sich wie aus dem Boden gewachsen vor seiner Tochter materialisierte. Kat, die eben an ihrer Zigarette gezogen hatte, atmete erschreckt ein. Zu unerwartet, zu schnell, messerscharf schoss der Rauch in ihre Bronchien. Sie hustete. Vor ihren Augen stieg ein Tränenschleier auf. Später redete sie sich ein, ihr Vater habe nur nach der Zigarette geschlagen, nicht nach ihr. Durch den Schleier vor ihren Augen sah sie etwas auf sich zukommen, fühlte etwas hart gegen ihre rechte Wange treffen. Ihr Kopf torkelte zur Seite. Sie spürte ein Brennen, doch dieses Brennen war nichts gegen das folgende Gefühl von Demütigung und Scham.

Als ihr Blick sich wieder gelichtet hatte, sah sie Thomas

und seine Freunde betreten zu Boden schauen. Eines der Mädchen hob den Arm, eine mitleidige Geste. Der Arm bewegte sich auf sie zu, Kat zischte. Das Mädchen machte einen erschreckten Schritt nach hinten.

»Das war's wohl mit meiner Raucherkarriere.«

Sie erkannte ihre eigene Stimme nicht wieder.

Weder ihr Vater noch ihre Mutter sprachen sie zu Hause auf den Vorfall an.

Am zweiten Adventwochenende fand in der Schule ein Weihnachtsumtrunk der Lehrerschaft statt. Ihre Eltern würden den ganzen Nachtmittag und Abend abwesend sein, der Zeitpunkt war ideal. Genau das war es auch, was sie Thomas am Telefon erklärte, als sie ihn anrief und für den späten Nachmittag zu sich einlud. Sie hörte sein erstauntes Keuchen am anderen Ende der Leitung, sah ihn in diesem Moment vor sich, wie er fragend die Stirn runzelte, ihre Worte einzuordnen versuchte. Wie schließlich sein Gesicht sich entspannte, seine Mundwinkel nach oben glitten. Als sie auflegte, lächelte sie ebenfalls.

Kaum dass ihre Eltern aufgebrochen waren und sie das Haus für sich hatte, brach sie in einen Wirbel hektischer Aktivitäten aus. Sie duschte, zog ein eng anliegendes schwarzes Kleid an, hetzte durch die Küche, stellte Gläser zusammen, kippte Chips in eine Schüssel, rannte zurück in ihr Zimmer und zog sich noch einmal um, diesmal Jeans, weil ihr eingefallen war, dass das Kleid keine Taschen hatte und sie nicht wusste, wo sie die tags zuvor in der Drogerie besorgten Kondome unterbringen sollte. Sie überprüfte, welche der fünf kleinen und größeren Stehlampen im Wohnzimmer in welcher Kombination das beste Licht warfen, sie stellte Teelichter auf einen Teller, zündete sie an, blies sie wieder aus. In ihrem eigenen Zimmer mit ihm zu schlafen, kam nicht in Frage. Sie würde ihn hierher lotsen, ins Wohnzimmer, zum Sofa. Der Gedanke, dort mit ihm Sex zu haben, wo nur wenige Stunden später ihre Eltern sitzen würden, um bei einem letzten Glas Wein das Adventstreffen Revue passieren zu lassen, ließ ein Kribbeln in ihr aufsteigen, das ihre Unruhe beim Gedanken daran, was bald zwischen Thomas und ihr geschehen würde, weit übertraf.

Als Thomas an der Haustür klingelte, putzte sie sich gerade zum dritten Mal die Zähne. Sie spülte rasch ihren Mund aus, lief in den Flur und öffnete. Er trat ein, seine Wangen gerötet von der Winterkälte und von dem Wissen, was ihn erwartete. Sie gab ihm keine Zeit, sich seiner Jacke zu entledigen.

Zum ersten Mal, dachte sie, zum ersten Mal würde sie etwas erleben, von dem sie nicht bereits im Vorfeld dank ihrer Eltern wusste, wie es sich anfühlen würde, wie sie damit umzugehen, was genau sie zu tun habe. Sie nahm Thomas am Arm und zog ihn hinter sich her. Seinen überraschten Protest, sie sei zu schnell, solle sich Zeit lassen, nichts überstürzen, erstickte sie mit Küssen; sie küsste ihn wieder und wieder, versiegelte seinen Mund, bis er endlich nachgab, ihrem geflüsterten Verlangen Folge leistete, fügsam wurde unter ihren Händen.

Es tat nicht weh. Sie trat die Kontrolle über ihr Tun an ihren Körper ab, überließ sich dessen instinktiven Bewegungen, fragte sich nicht, ob sie es richtig oder falsch machte, gut oder schlecht, bis sich vor ihre geschlossenen Augen abrupt ein Bild drängte. Sie wusste dieses Bild nicht einzuordnen, es war nur ein undeutlicher weißer Fleck, umgeben von Blau, und irritierenderweise ließ das kühl wirkende Blau sie nicht an Kälte, sondern an Hitze denken. Endlich gewann das Bild scharfe Konturen: ein leuchtend weißes Taschentuch. Sie spürte Thomas auf sich zusammensacken, er flüsterte etwas in ihr Ohr, sie streichelte ihm beruhigend über den Kopf. Ihre Neugier war gestillt.

Fünfzehn Minuten lang hielt sie es wortlos an seiner Seite aus, gaukelte ihm einen entspannten Dämmerschlaf vor. Er redete, lauter jetzt, sie hörte nicht zu. Seine Hände strichen über ihren Rücken, ob sanft oder fest, hätte sie nicht sagen können. Eine Taubheit hatte sich in ihren Gliedern ausgebreitet und wollte nicht mehr daraus weichen. Es war ein unerträgliches Gefühl, das von Minute zu Minute an Intensität gewann: Als hätte man ihr Wachs in die Adern injiziert, ihren Körper mit Beton ausgegossen. Schließlich trieb sie Thomas mit dem Hinweis auf die jederzeit mögliche Rückkehr ihrer Eltern dazu sich anzuziehen und brachte ihn an die Haustür. Zum Abschied gab sie ihm einen flüchtigen Kuss. Im Gehen drehte er sich zu ihr um und winkte. Sie hob einen Arm, winkte zurück, dann drückte sie rasch die Tür zu. Ein Frösteln schüttelte ihren Körper. Sie schob es darauf, dass sie nur ihr T-Shirt übergestreift und den dünnen Slip angezogen hatte.

Das gebrauchte Kondom entsorgte sie in der Toilette. Vor dem Spiegel blieb sie stehen, blickte hinein, ergriff die Bürste und beobachtete, wie ihre rechte Hand damit in langsamen, gleichmäßigen Strichen durch die blonden Haare fuhr. Das Taubheitsgefühl wollte nicht verschwinden. Ihre Füße trugen sie wie von selbst zurück ins Wohnzimmer. Sie zog sich aus und legte sich nackt auf das noch warme Sofa. Sie starrte die auf der Kommode thronende Katze an, die aus dem von den wenigen eingeschalteten Lampen geworfenen Halbschatten herausragte wie ein seltsam geformter Fels. Sie griff nach dem Sofakissen, presste es sich in den

Schoß, begann sich unter dem Kissen zu streicheln, die Augen weit offen, konstant auf die Katze gerichtet, wie um den leblosen Sandstein daran zu hindern, aus einer unmöglichen Laune heraus zum Leben zu erwachen, um einen Vorwurf zu äußern.

In weniger als einer Minute war alles vorbei. Eine kurze Explosion, ein Aufbäumen. Eine plötzliche Welle der Erschöpfung überspülte sie. Sie schloss die Augen, wartete auf die Entspannung, die sie sonst in solchen Momenten erfüllte. Doch da war nichts, nur ein vages Empfinden von Hunger und Durst und der Wunsch, für immer schlafen zu dürfen, nie wieder erwachen, nie wieder die Augen öffnen zu müssen.

Als sie es dennoch tat, starrte die Katze sie an.

Sie erhob sich vom Sofa. Ihre Beine waren noch immer wie Blei, jeder Schritt erfolgte so schleppend, als seien tonnenschwere Gewichte daran befestigt worden. Bei der Kommode angekommen, ergriff sie die Statuette und schleuderte sie zu Boden. Der Sandstein zersprang in Dutzende von Splittern.

Beim Aufsammeln übersah sie eine der Scherben; sie trat mit dem nackten linken Fuß hinein und schnitt sich tief. Mit dem Schmerz kam endlich das Gefühl zurück.

Zwei Tage später erklärte sie Thomas, es könne nichts werden aus ihnen, sie habe sich in ihm getäuscht. Er verleite sie zu Dingen, die sie im Grunde ihres Herzens gar nicht tun wolle – er solle sich bloß daran erinnern, wie er sie auf dem Schulhof zum Rauchen angehalten und welche Konsequenzen das für sie gehabt habe. Mit ihm zu schlafen sei ein weiterer Fehler gewesen – o nein, er habe nichts falsch gemacht, das sei schon in Ordnung; nur spüre sie eben, dass sie dafür noch nicht wirklich bereit gewesen sei.

Er stand vor ihr mit hängenden Schultern, starrte sie ungläubig an, mit dem Blick eines Mannes, dem soeben sein Todesurteil verkündet worden war. Zu ihrer großen Erleichterung machte er keine Szene. Er drehte sich einfach um und ging. Sie wusste, dass die Sache damit nicht ausgestanden war, dass er wiederkommen und sich erneut von ihr umbringen lassen würde, wieder und wieder. Aber sie empfand weder Genugtuung noch Reue, keinen Hass, kein Bedauern. Wenn überhaupt, hätte sie Triumph erwartet, das befriedigende Gefühl, wie es sich beim Abschluss einer längeren Hausarbeit einstellte oder nach der Erledigung einer besonders herausfordernden Aufgabe. Doch auch dieses Gefühl blieb aus. Was sie beim Blick in seine verletzten Augen empfand, war nichts, und nichts zu empfinden schien ihr in diesem Moment völlig in Ordnung.

»Natürlich war ich sauer«, erklärte Phil. »Wochenlang mehr oder weniger auf dem Abstellgleis rumzustehen, ist nicht besonders aufregend.«

»Ich weiß, dass ich dich vernachlässigt habe. Tut mir Leid.« Kat legte ihm einen Arm um die Schulter. »Es kommt nicht wieder vor.«

Es stöberte. Jeder ihrer Schritte hinterließ dunkle Abdrücke in dem feinen, den Boden bedeckenden Pulverschnee. Ein verhaltener Wind spielte mit winzigen kristallenen Schneeflocken, schleuderte sie in stetem Auf und Ab durch die schneidend kalte Luft. Kat sah über den Fluss, der von den Rändern her zu vereisen begann. Denselben Weg, den sie jetzt mit Phil ging, hatte sie mit Thomas zurückgelegt an dem Tag, als er sie zum ersten Mal geküsst hatte.

»Saukalt«, bemerkte Phil an ihrer Seite. »Ich finde, wir

sollten uns in den Süden absetzen. Irgendwohin, wo die Sonne brennt.«

»Ägypten«, murmelte Kat.

»Im Ernst?« Phil lachte leise auf. »Wenn ich mich recht erinnere, wolltest du da nie wieder hin?«

Kat zuckte die Achseln. »Es war eigentlich gar nicht so schlimm. Weißt du, so ein Sonnenaufgang in der Wüste zum Beispiel, der hat einfach was Großartiges! Der Sand leuchtet in tausend verschiedenen Farben, während die Sonne darüber hinwegwandert.«

Phil nickte. Eine Weile gingen sie wortlos nebeneinanderher. Sein abwartendes Schweigen machte sie nervös. Sie vergrub die Hände noch tiefer in den Taschen ihres Mantels. Ihre Finger stießen auf etwas Hartes, Kantiges. Sie zog die Zigarettenschachtel daraus hervor.

»Hey!« Phil blieb überrascht stehen. »Ich dachte, du hättest damit aufgehört?«

»Hab ich auch«, sagte Kat. Ihr rechter Arm holte weit aus, schnellte nach vorn. Die Zigarettenschachtel segelte durch die Luft, schnitt durch die trudelnden Schneeflocken, platschte auf den Fluss, wurde vom ruhigen Wasser davongetrieben, verlor sich im Dämmerlicht.

»Rauchen ist einfach nur albern«, hörte Kat sich sagen. »Albern und ungesund.«

INTERVIEW

Dieser Mann, der ein Freund meines Vaters war, lud uns in sein neues Haus ein. Er führte uns darin herum. Sein Haus sei in freier Bauweise entstanden, erklärte er, zwei Geschosse über dem Keller, ein aufgehängter Zwischenboden.

Wir folgten ihm, die Treppen rauf, Köpfe in den Nacken.

Aus teurem Tropenholz die Böden, erklärte der Mann.

Der Blick meiner Mutter fiel nach unten, ihr Kopf nickte.

Überall war Glas. Selbst der versteckteste Winkel war einsehbar. Ich überlegte, wo man in diesem Kasten unbeobachtet wichsen konnte, falls einem danach war.

Der Mann zeigte auf alles, als hätte er es bei uns mit Blinden zu tun, als hätte er Angst, wir könnten etwas übersehen. Großzügige Fenster, zeigte er, weil nur so – er fügte die Handflächen zusammen, wie beim Beten oder so, dann trennte er sie wieder –, weil nur so weit gestreut das Licht einfallen könne.

Das Licht war grell. Es zerschnitt die Luft.

Geschosse.

Aufhängung.

Einfall.

Tara fragte laut, ob in diesem Haus Kriege geführt werden sollen. Sie sah sich um, ohne ein Lächeln, und dabei musterte sie diesen Freund meines Vaters, dem unter ihrem Blick die Beine wegzuknicken schienen.

Zu Hause erklärte Tara, unsere unfreie Bauweise gefiele ihr besser, ehrlicher sei die, da wüsste man doch wenigstens gleich, woran man wäre.

Ich fand das nicht fair. In solchen Momenten habe ich sie nie geliebt. In solchen Momenten habe ich sie für mich nicht Tara, sondern bei ihrem richtigen Namen genannt, Cathrin.

Meine Mutter brach schließlich in Tränen aus. Sie schlug sich den linken Handballen gegen die Schläfe. Immer wieder.

Wohin mein Vater ging, wenn er das Haus verließ, weiß ich bis heute nicht.

Ich war vierzehn, Tara war fünfzehn.

Der Krieg war bei uns.

Immer.

Warum seltsam? Was soll seltsam daran sein, wenn ein Bruder die ältere Schwester liebt?

Sie würden diese Frage nicht stellen, wenn es um einen Bruder ginge. Hab ich Recht?

Dass Brüder zusammenhalten, ist normal.

Hab ich Recht?

Mann, Sie haben doch keine Ahnung …

Sie war immer für mich da, vielleicht war es das. Dass sie immer für mich da war.

Nichts ist selbstverständlich.

Man kommt auf die Welt, man wird in dem Glauben gelassen, nicht allein zu sein. Immer ist jemand um einen herum, immer ist da Wärme und Essen und Kümmern.

Dann ist plötzlich nichts mehr. Man wacht auf, eines nicht ganz so schönen Tages, und stellt fest, dass man allein ist. Möglicherweise, was die Sache verschlimmert, umgeben von Dunkelheit.

Sony zum Beispiel. Ich glaube, Sony war von Dunkelheit

umgeben. Sie war um ihn herum wie ein Schwarm Fliegen um einen Haufen Aas. Und in diesem Schwarm aus Dunkelheit hatte Sony nur sich selbst. Er war ganz allein.

Ja, genau. Rückblickend kann man das wohl behaupten.

Aber ich war nie allein.

Ich hatte Tara.

Wenn ich es definieren müsste, würde ich sagen, Tara zu sehen oder bei ihr zu sein, war wie nach Hause zu kommen.

Einfach so, geradewegs aus dem Nichts.

Nein, das stimmt nicht.

Entschuldigung.

Ideen kommen einem natürlich nicht einfach so.

Die Idee kam mir beim Holzhacken.

Meine Eltern besitzen dieses Wochenendhaus, wissen Sie. Mein Vater hat es letztes Frühjahr gekauft, ganz billig. Ein bisschen abgelegen, da ist sonst kaum wer, auch kaum andere Häuser. Ein See ist in der Nähe, ab und zu hört man die Enten quaken. Es gibt eine Grillstelle und einen Kamin, hinter dem Haus ist jede Menge Holz gestapelt, noch vom Vorbesitzer. Von dem war auch die Axt.

Ich habe das Holz nicht *wirklich* gehackt, verstehen Sie? Ich meine, nach allem, was passiert war … Sie wissen doch, was Tara mit der Axt gemacht hat, oder? Wir haben das Wochenendhaus seitdem nicht mehr besucht. Die Axt ist danach bei der Polizei gelandet, und jetzt verstaubt sie wahrscheinlich in irgendeinem Archiv, zwischen zehntausend anderen Beweismitteln.

Nein, ich lag auf meinem Bett, tausend Kilometer entfernt von dieser abgelegenen Gegend und von Holzscheiten hinter dem Haus. Stellte mir vor, wie es *wäre,* dieses Holz zu hacken. Das Gefühl von fließender Kraft beim Anspannen der Muskeln. Wie sie dir durch den Arm läuft und wie dein Arm niedersaust und dann der Widerstand, bevor die Axt ins Holz fährt.

Manchmal überlege ich, wie es sich für Tara angefühlt hat, als sie … na ja.

Jedenfalls, eben noch war da ein Nichts, dann war da die Idee: Du holst sie da raus! Du holst Tara aus dieser verdammten Klapsmühle! Und der nächste Gedanke war: Du wirst Hilfe brauchen. Deshalb rief ich Sony an. Ich wusste, der hat den Führerschein, der kann Auto fahren. Er und Tara hatten mal was miteinander gehabt, das musste reichen.

Ich hatte sie nur ein einziges Mal im Sanatorium besucht. Ich wollte öfter, aber die ließen mich nicht. Sie hatte ausgesehen wie immer, sie hatte ihre eigenen Klamotten getragen, das blaue Männerhemd, das mir so gut an ihr gefiel, die Haare zu einem Pferdeschwanz gebunden, sie sagte: Bring Kuchen mit das nächste Mal.

Der schlimmste Gedanke war, zu wissen, dass sie da drinsaß oder sich gegen die Wände warf oder dass sie sich mit einer Scherbe sehr sorgfältig die Arme zerschneiden oder wieder irgendwelche Sachen in sich verstecken könnte. Und dass sie auf mich wartete. Und dass ich nicht kam.

Hey, hätten Sie 'ne Zigarette für mich?

Wahrscheinlich muss ich Ihnen nicht erzählen, wie man ein Auto knackt. Aber Sony musste es *mir* erzählen. Ich meine: Er musste. Das war wie ein Zwang für ihn. Wenn er angeben konnte, den Macker raushängen lassen, wenn er nur die geringste Gelegenheit sah, jemandem mit seinem Können zu beeindrucken, dann musste er es tun.

Ich fuhr voll auf ihn ab. Er war so cool.

Eigentlich nicht, eher wenig. Mal ein Klaps auf den Hintern

oder so, als wir noch klein waren. Aber niemals richtig heftig, jedenfalls nicht mich. Meine Mutter war dagegen. Sie dachte, wenn man Kinder prügelt, werden sie bekloppt oder kriminell. Deshalb hat sie uns nie geschlagen. Na ja, und irgendwie ist es jetzt schon komisch, denn Tara ist die Bekloppte, ich bin der Kriminelle. Aber erzählen Sie das keinem von der Zeitung. Sonst denken die da draußen noch, sie müssten jetzt wieder anfangen, auf ihre Kinder einzudreschen. Wehret den Anfängen, und so weiter.

Mich also nicht, wie gesagt. Ich war immer pflegeleicht. Aber Tara hat ab und zu was abgekriegt. Und dann, dieses berühmte eine Mal eben, die volle Packung. Was ihr offensichtlich gereicht hat. Sonst wäre sie ja nicht abgehauen danach.

War gar kein großer Anlass. Aber es hatte sich schon seit Monaten alles gestaut, bei allen. Ist nicht gut, wenn man das nicht rauslässt. Den ganzen Frust und so. Am besten wäre es, man spricht sich aus, setzt sich um den großen Tisch im Esszimmer, quatscht drauflos, bleibt ruhig dabei, einer hört dem anderen wirklich zu.

Hab ich schön gesagt, oder? Jetzt sind Sie glücklich. Seh ich Ihrem Gesicht an.

Mann, wenn Sie wüssten. Wenn Sie wüssten, dass manchmal kein Tisch groß genug sein kann …

Woher soll ich das wissen? Er hat mit mir geredet, hat dauernd gequasselt, die ganze Fahrt über, und dabei guckte er mich immer von der Seite her an. Das hat mir gereicht. Ich hatte Panik, er könnte die Karre im nächsten Graben versenken, schließlich schneite es und alles.

Über sein Leben oder über sich selbst, ob er zum Beispiel einen Job hatte oder so, erzählte er gar nichts. Das waren für ihn keine Themen. Eigentlich war das einzige Thema Tara, wie sehr er sie noch liebte, und wenn er das alles bloß gewusst hätte, und wie wir sie da rausholen würden aus dem Dreckskasten.

Keine Ahnung, warum Tara ihn abgehakt hatte, das lag schon ein Jahr zurück. So ist sie eben. Wenn sie an irgendwas das Interesse verliert, dann war's das, aus die Maus, Ende Gelände. Für mich war eigentlich von Anfang an klar, dass sie Sony selbst dann nicht wieder nehmen würde, wenn er sie aus dem Schuppen rausholte. Und dass Sony auf dem falschen Dampfer war, wenn er dachte, sie würde ihn dann wieder wollen. Nachdem sie mit ihm Schluss gemacht hatte, hatte er sie mit Briefen bombardiert und ständig angerufen. Hing von morgens bis abends vor unserem Haus rum, ab und zu brüllte er ihren Namen. Sie stand hinterm Fenster, hinter der Gardine, und verzog keine Miene. Trank Tomatensaft dabei, in ganz kleinen Schlucken. Guckte zu, wie er den Kasper machte. Bis mein Vater ihn sich vorknöpfte. Danach war Ruhe.

Ich wusste also, dass Sony voll liebeskrank war und alles. Insofern war es nicht korrekt von mir, ihn einzuspannen. Verminderte Zurechnungsfähigkeit oder wie das heißt. Aber was ich nicht wusste, war, dass er einen Dachschaden hat. Im Auto, auf der Fahrt zur Klinik, verhielt er sich noch ziemlich normal. Hatte voll die gute Laune. Er sagte, wir tun dies, Luka, wir tun das, Luka, und dann wird dieses so und jenes so und alles wird gut, Alter, verlass dich auf Sony, am Ende sind wir alle glücklich bis an unser Lebensende!

Und ich hab's ihm geglaubt. Jedes Wort. Selbst als er behauptete, Tara würde auf ihn warten, habe ich ihm geglaubt. Weil ich ihm glauben wollte. Ich war aufgewühlt. Ich konnte nicht denken. Hab zum Beispiel nicht damit gerechnet, dass er und Tara tatsächlich wieder zusammenkommen und ich am Ende zu viel sein könnte. Das dritte Rad am Wagen.

Dieses berühmte eine Mal? Ich wusste, dass Sie darauf zu sprechen kommen würden.

Es war eine ziemlich gute Vorstellung.

Tara kam zu spät nach Hause. Sie kam schon lange nur noch dann nach Hause, wenn es ihr passte. Meine Eltern hatten die ganze Nacht damit zugebracht, auf sie zu warten. Im Wohnzimmer sah es aus, als würde ein Krisenstab tagen. Na, jedenfalls so, wie man sich das eben vorstellt: volle Aschenbecher, geöffnete Flaschen, zu drei Viertel leer gegessene Teller, alles voller Speisereste, längst angetrocknet. Meine Mutter hatte alle Freunde und Verwandten rebellisch gemacht – natürlich glaubte sie nicht wirklich, Tara würde sich bei denen rumdrücken. Nein, sie wollte denen nebenbei klarmachen, wie schwer sie es hatte mit diesem Kind.

Dieses Kind.

So hat unsere Mutter immer gesagt.

Dieses Kind.

Als Tara kam, wurde es draußen schon hell. Das war ihre beste Zeit, wissen Sie. Wenn es hell wurde. Ich will damit sagen: Jeder Mensch hat eine Zeit, in der er am besten aussieht. Dann ist er ganz, ich weiß nicht genau, seine Essenz oder so. Ganz er selbst. Innen wie außen, verletzlich und unbesiegbar. Dann weiß er nichts und alles zugleich.

Für Tara war diese Zeit die Morgendämmerung. Klingt kitschig, oder? Ist aber so. Sie sah nie so schön aus wie in der Morgendämmerung. Ihre Haare fielen dann matt an ihr herunter, und in ihren Augen war so ein Glanz, als hätte sie was genommen. Hat sie aber nicht. Ich übrigens auch nicht. Wir haben beide nie irgendwas genommen. Vielleicht hätte ich was probiert, weiß nicht. Aber Tara verachtet solche Typen. Sie meint, das Leben wäre Droge genug.

Das hat mich krank gemacht, dass die Typen in der Klapse sie mit ihren Psychopillen voll pumpten. Richtig krank. Alles legal, stimmt's? Alles zu Taras Bestem. Dasselbe Zeug, für das ich in den Knast wandern würde, wenn man mich damit erwischte.

Weiß echt nicht, was es da so blöd zu grinsen gibt.

Mann.

Mann, ihr seid solche Dreckschweine, ihr kotzt mich an! Hast du verstanden? Du – kotzt – mich – an!

Ab jetzt halt ich meine Klappe.

Ich sag überhaupt nichts mehr.

Danke.

Nee, ist schon okay.

Mir tut's auch Leid. War zwar absolut so gemeint, aber tut mir Leid.

Hey, zieht gut!

Die Marke kenn ich gar nicht. Nette Packung.

Mann, zieht echt gut.

Nein, hat sie mir nicht erzählt. Ich wollte es auch gar nicht wissen. Vielleicht hatte ich ein bisschen Angst, dass ich meine Eltern letztlich besser verstehen würde als meine eigene Schwester. Mich auf deren Seite schlagen könnte, weil ich mir schließlich auch Sorgen machte, genau wie meine Mutter und mein Vater, weil … Also, ich verstand Tara manchmal genauso wenig wie sie.

Ist ja auch egal.

Jedenfalls, kaum dass sie aus der Morgendämmerung raus und über die Veranda zur Tür rein war, muss sie gegen eine Mauer aus Vorwürfen gerannt sein. Vor allem mein Vater ist gut mit so was:

Was wir für dich getan haben.

Wenn andere Kinder das gehabt hätten.

Wofür arbeite ich denn so hart, etwa für mich?

Eure Mutter, denkt ihr eigentlich auch mal an eure Mutter?

Na, und so weiter. Nur dass Tara sich von so einer Scheiße nicht einwickeln ließ. Ich schätze, als Antwort hat sie meinen Eltern ihren gesammelten Vorrat an Schimpfwörtern hingeknallt, sie kannte ja so einige. Schimpfwörter, meine ich. Echt, da waren Sachen dabei – sind es wahrscheinlich noch und ein paar neue dazu –, da würden selbst Sie rot werden, wenn Sie das hörten.

Voll der Lärm also, von null auf hundert.

Eigentlich schlafe ich wie ein Stein, aber von dem Gebrüll wären sogar Tote aufgewacht. Ich also raus aus dem Bett und runter ins Wohnzimmer. Da war das Gerangel schon richtig im Gange. Und natürlich hat Tara den Kürzeren gezogen. An ihr ist ja nicht viel dran, sie hat immer zu wenig gegessen, finde ich.

Hm?

Nee, Quatsch, keine Magersucht. Würde Ihnen ins Konzept passen, was? Alles schön so, wie es in den Büchern und Zeitungen steht. Ist aber nicht. Tara war nicht magersüchtig. Sie war einfach nur zu dünn. Wenn sie Lust hatte, konnte sie fressen wie ein Scheunendrescher. Und keinen Fitzel davon hat sie anschließend wieder ausgekotzt.

Soll ich jetzt weitererzählen, oder was?

Also, sie hing an meinem Vater, hat getreten und gespuckt und gefaucht. Wirklich, sie hat nicht gebrüllt oder gekreischt, sie hat gefaucht. Wie eine Raubkatze. Ich vermute, er hatte ihr gerade eine gewischt oder so. Er war totenblass im Gesicht. Meine Mutter dazwischen, Jens, lass das doch, Cathrin, hör doch auf, seid ihr denn wahnsinnig geworden, um Gottes willen, so seid doch vernünftig!

Hat natürlich nicht geholfen, das Geschrei. Schließlich hat mein Vater so fest zugeschlagen, dass Tara stürzte und mit dem Kopf gegen die Tischkante schlug. Sie hat noch Glück gehabt, dass sie im Fallen herumgewirbelt ist, sonst hätte sie sich womöglich das Genick gebrochen. Wie im Krimi, wo die Leute immer mit dem Hinterkopf aufschlagen, und dann rufen alle, mein Gott, er ist tot, mein Gott, du hast ihn umgebracht!

Taras Stirn platzte auf, so quer rüber. Es sah schlimm aus. Sie blutete wie ein Schwein.

Meine Mutter schrie. Sie war völlig außer sich wegen dem vielen Blut. Rannte ans Telefon, aber da ist Tara auf sie los und hat ihr den Hörer aus der Hand gerissen, dann das Kabel aus der Wand. Cool, oder?

Na ja. Ich schätze, all das hat mein Vater Ihnen schon längst erzählt. Stimmt doch, oder? Ganz betroffen und mit hängendem Kopf und so, weil er ja bis jetzt niemals, niemals seine Kinder geschlagen hat. Ganz zerknirscht und die Reue selbst. Wie konnte ihm das bloß passieren? Stimmt's?

Aber hat er auch erzählt, wie sie dann lachte? Ich hab nie wieder so etwas Unheimliches gehört. Es läuft mir richtig den Rücken runter, wenn ich daran denke. Ihr Gesicht war rot, ihre Lippen, sogar ihre langen Haare waren rot, und Tara lachte. Von tief drinnen, es klang gar nicht wie sie selbst.

Das war das erste und einzige Mal, dass ich dachte, es wäre was nicht mit ihr in Ordnung. Dieses Lachen klang völlig ... Es klang nicht gut.

Sie rannte dann rauf in ihr Zimmer, und fünf Minuten

später war sie fort. Das nächste Mal sah ich sie zwei Tage später wieder, als wir sie bei den Bullen abholten. Ich werde nie vergessen, wie es an der Haustür klingelte an diesem Morgen. Das Telefon war ja immer noch kaputt. Draußen standen zwei Polizisten. Meine Mutter presste die Hände vor den Mund, noch bevor einer von ihnen etwas sagte. Sie war weiß im Gesicht, weiß wie Schnee. Man hatte Tara aus dem Wochenendhaus geholt. Sie hatte selbst die Bullen angerufen. Nachdem sie mit der Axt auf diesen Typen losgegangen war.

Kann ich so nicht sagen. Komische Frage. Eigentlich nicht. Nicht so richtig.

Ich meine, gut, manchmal fühlst du dich eben einsam, aber das gehört dazu, schätze ich. Ich hab Freunde und alles. Schule war auch immer okay. Ich bin faul, aber ich bin nicht doof, wenn Sie wissen, was ich meine. Ich kann Ihnen einen vom Pferd erzählen und Sie denken, ich rede über Elefanten. Naturtalent.

Hm?

Nee, Quatsch. Doch nicht mit meiner Mutter. Meiner Mutter kann man mit Problemen nicht kommen, die hat selber genug. Depressionen und all das. Früher hab ich das nicht ernst genommen. Da dachte ich, was heißt hier schwarzes Loch und Hölle und Sich-Verschluckt-Fühlen? Die könnte sich ein bisschen Mühe geben, die könnte sich einfach mal zusammenreißen. Vermutlich hat sie mir meine Gedanken angemerkt, denn sie hat mir dann irgendwann dieses Buch gegeben. Sie wissen schon, einer von diesen Erfahrungsberichten: *Wie ich von UFOs entführt wurde. Mein Leben im Harem. Wie ich dreimal Krebs kriegte und ihn viermal besiegt habe.* So was halt. Nur war dieses Buch eben eines über Depressionen, und ich hätte es nicht gelesen, wenn da nicht das Bild dieser Frau vorne drauf gewesen wäre. Sie war so jung. Und sie sah klasse aus, ich meine: Spitzenklasse. Und warum hat so jemand Depressionen? Kriegt doch jeden, den sie haben will. Dachte ich.

Dass es dabei um andere Sachen geht, hab ich dann beim Lesen gemerkt. Danach tat meine Mutter mir Leid. Und das Beschissenste war: Ich tat mir selbst erst recht Leid. Denn meiner Mutter musste ich mit Problemen nicht kommen, das wusste ich jetzt.

Und mein Vater – der weiß gar nicht, wie man das Wort buchstabiert. Für den sind Probleme da, um aus dem Weg geräumt oder ignoriert zu werden. Er ist ein echter Klassiker mit solchen Sprüchen wie:

Morgen ist auch noch ein Tag.

Reiß dich mal am Riemen.

Schwanz einziehen gilt nicht.

Kann so schlimm nicht sein.

Und so weiter …

Ja.

Ja, ja.

Jetzt, wo Sie es sagen, merke ich's auch.

Sony hat sofort Ja gesagt, als ich ihn anrief. Ob er wüsste, wie wir an ein Auto kommen, hab ich ihn gefragt, weil es über zweihundert Kilometer sind bis zur Klapse. Er meinte, das sei kein Problem. Und das war es dann ja auch nicht. Dann fragte er, wie wir da reinkommen und Tara rausholen sollen. Hatte ich mir noch keinen Kopf drum gemacht. Ich sagte, uns würde schon was einfallen.

Das war natürlich Schwachsinn. Keiner kommt in so einen Laden rein, dachte ich, das gibt es nur im Film. Und dann war es so einfach … Ich verstehe immer noch nicht, warum alles so einfach war.

Den Wagen hatte er schon, als er mich abholte. Wir hatten ausgemacht, dass ich mich aus der Stadt melde, von einer Telefonzelle aus. Es regnete, war schon ein bisschen Schnee dabei. Kalt und ungemütlich und dunkel. Ich blieb in der Zelle stehen nach dem Anruf. Hatte meine Sporttasche gepackt. Da war sogar Kuchen für sie drin. Kuchen für Tara.

Draußen rannten jede Menge Leute rum, machten ihre Einkäufe. Bald Weihnachten. Ich sah sie durch das Glas, an dem der Regen runterlief. Alles verschliert, die kleinen Glühbirnen an den Lichterketten überall sahen tatsächlich aus wie aufgereihte Sterne. Jemand hatte in die Wand geritzt: *Fuck Nike. Converse Rules.* Daran kann ich mich erinnern.

'ne halbe Stunde oder so hab ich gewartet in der Zelle. Mir den Arsch abgefroren. Keiner wollte telefonieren, haben ja alle Handys. Warum rennen die bloß alle, hab ich gedacht. Das kann nicht gut sein, dass die alle rennen und unter dem Baum nachher herrscht dann heilige Ruhe. Das kann nicht gut sein.

Weihnachten bei uns war immer scheiße. Ich meine, okay, gute Geschenke und alles. Aber es gibt Liebe, die kommt von Herzen, und es gibt Liebe, die kommt vom Bankkonto.

Klar läuft es darauf hinaus, ich bin nicht blöde, das sehe ich auch. Das war doch genau das Problem, dass wir das immer gemerkt haben, Tara viel deutlicher als ich. Sie ist eben sensibler.

Ich will damit nicht sagen, dass wir nicht geliebt wurden. Wer das von sich sagen muss, ist ein armes Schwein, und ich will meinen Eltern kein Unrecht tun. Aber irgendwie haben sie es immer verpasst, sich wirklich um uns zu kümmern. Dann, wenn es wirklich darauf ankam, meine ich. Mein Vater zum Beispiel: Wenn ich eine gute Note anschleppe, macht er ein Fass davon auf, dann fällt die Kohle nur so vom Himmel und er erzählt mir, wie klasse ich bin und dass es ohne Leistung nicht geht, das würde ich ja sehen, ich soll mich bloß mal umgucken, über vier Millionen Arbeitslose, da muss man sich eben anstrengen.

Einmal hab ich einen richtig guten Aufsatz hingelegt – über Raddampfer und so. Wie es sich angefühlt haben muss, mit so einem Teil rumzuschippern. Das hat mich schon immer fasziniert. *Tom Sawyer* hab ich bestimmt ein Dutzend Mal gelesen, *Huckleberry Finn* doppelt so oft. Dann gibt es noch *Leben auf dem Mississippi*, auch von Mark Twain. Aber solche Dinge interessieren meinen Vater nicht. Romantischer Scheiß ist das für ihn, vertane Zeit. Er hat den Aufsatz nicht mal gelesen. Für mich ist es der wichtigste Aufsatz in meinem Leben.

Tara ging es ähnlich, schätze ich. Die hat auch alles weggesteckt. Also haben wir uns gegenseitig zugehört, war ja sonst niemand da. Sie war immer ganz ruhig. Ich hätte nie gedacht, dass sie mal so ausflippen könnte. Einmal sagte sie: Die mögen mich nur, wenn ich als Spiegelbild ihrer Erwartungen auftrete. Klingt gut, oder? Sie hat dauernd solche Sachen gesagt.

Schätze, damals hab ich das gar nicht richtig kapiert.

Ich hab eine Menge nicht kapiert.

Aber das ist es, was ich mit Krieg gemeint habe. Keine Waffen, kein Geklirre, und trotzdem Krieg. Manche Kriege laufen eben unheimlich leise ab.

Hey, gibt's hier eigentlich irgendwann auch mal was zu

trinken?

Als ich da in der Telefonzelle stand und wartete, wusste ich, dass meine Eltern vor Angst fast durchdrehten. Ich war jetzt sozusagen das nächste Kind auf der Vermisstenliste. Aber das war mir egal. Tara ging vor. Sony kam in einem, ich weiß nicht genau, in einem ziemlich schnellen Golf oder so was. Schwarz. Ob ich wissen wolle, wie er die Karre geknackt hätte? Nein, sagte ich. Er erzählte es mir trotzdem. Musste eben angeben. War nicht so dramatisch. Er hatte den Wagen auf irgendeinem größeren Parkplatz abgegriffen.

Seine Story ging mir am Arsch vorbei. Aber was ich cool fand, war, dass Sony keine anderen Regeln gelten ließ als die eigenen. Er musste das nicht sagen, er strahlte das einfach aus, wie, was weiß ich, wie eine Sonne oder so. Helles Licht, absolute Gewissheit. Du brauchst ein Auto, also klau dir eins. Du brauchst Kohle, also überfall die nächste Bank. Dir gefällt irgendeine Fresse nicht, also schlag rein.

Logisch weiß ich, dass die Welt so nicht funktionieren kann. Aber wer bestimmt denn, wie sie funktioniert? Wer bestimmt, dass deine Schwester in eine Klapse gehört? Alles Scheiße. Wenn man erst anfängt, über solche Dinge nachzudenken, kann man nicht mehr aufhören.

Jedenfalls, wir hatten schon die Hälfte der Strecke hinter uns. Raus aus der Stadt, erst mal über Land. Kein Mensch unterwegs außer uns, alle beschäftigt mit Einkaufen. Dunkelheit. Das Radio in der Karre war kaputt, das hat Sony ohne Ende genervt. Eine Weile lang schwieg er, dann legte er wieder los wie ein Wasserfall. Wäre Magie gewesen, wie er Tara kennen lernte. Wie ihre Augen geleuchtet hätten. Wie sie sich bewegt und sich die Haare aus dem Gesicht gestrichen hätte, dass ihre Stimme so rauchig gewesen wäre und wie er gedacht hatte, sie wäre viel älter als er selbst. Pure Magie.

Er erzählte und erzählte. Ich guckte auf die Straße, die Scheibenwischer schlugen hin und her, hin und her, hin und her. Der Schneeregen klatschte schräg runter, der Asphalt glitzerte im Scheinwerferlicht. Die Heizung war zu heiß eingestellt.

Plötzlich war ich hundemüde.

Der Autoatlas lag aufgeschlagen auf meinen Beinen. Ich brauchte ihn nicht, kein einziges Mal. Ich konnte mich an jede Abzweigung erinnern, an jeden einzelnen Kilometer, den ich mit meinen Eltern gefahren war, als wir Tara besuchten.

Ich hätte sie mit verbundenen Augen gefunden.

Todsicher.

Die Sache im Wochenendhaus lief so ab:

Tara war runtergetrampt nach dem Krach zu Hause und dann ein gutes Stück gelaufen. Vielleicht wollte sie, dass man sie dort gleich findet. War ja irgendwie klar, dass meine Eltern schnell auf die Idee kommen würden, dort nach ihr zu suchen. Aber vielleicht war Tara auch nur verdammt clever und dachte, sie dort zu vermuten wäre dermaßen nahe liegend, dass eben *niemand* auf die Idee käme. Den Schlüssel hatte sie schließlich nicht mitgenommen.

Sie kommt also dort an. Hinter dem Haus der hohe Holzstoß und die Axt. Sie klettert auf den Holzstoß, das ist nicht so schwer. Unter einen Arm hat sie die Axt geklemmt, damit will sie ein Fenster einschlagen. Aber siehe da, große Überraschung! Das Fenster schwingt nach außen auf. Irgendein Schlaumeier ist schon vor ihr auf die Idee gekommen, sich ein nettes Wochenende zu machen.

Wissen Sie, was mich in Filmen nervt? Wenn die blöden

Kühe – sorry, aber meistens sind es nun mal Frauen, weil die Typen, die sich solche Filme angucken, eben Typen sind und ihnen dabei heimlich einer abgeht –, wenn also diese blöden Kühe in den Keller marschieren, ein verdammt großes Messer oder so in der Hand, obwohl sie genau wissen, dass da unten im Dunkeln irgendein monströses Vieh oder ein durchgeknallter Psychopath auf sie lauert. Tara war genauso doof. Eigentlich erstaunlich. Scheinbar kam sie gar nicht auf die Idee, dass da noch jemand im Haus sein könnte. Oder sie dachte, wer auch immer da gewesen war, sei inzwischen längst wieder auf und davon. Nur sicher konnte sie nicht sein. Deshalb behielt sie die Axt.

Der Typ fällt sie an, kaum dass sie in den großen Wohnraum kommt, den mit dem Kamin. Voll auf sie drauf, er hat sie ums Haus stapfen und durchs Fenster klettern hören. Ein junger Kerl. Und es ist völlig klar, was er will. Sagte jedenfalls Tara später.

Sie ist unglaublich schnell.

Der erste Schlag streift den Typen bloß, er strauchelt und fällt um. Er schreit, wohl eher aus Überraschung.

Tara bleibt ganz ruhig. Beim zweiten Schlag zielt sie, schlägt aber daneben. Der Typ ist schnell und rollt sich weg. Bloß nicht weit genug.

Mit dem dritten Schlag trifft Tara ihn genau dort, wo sie ihn treffen will.

Mit dem vierten auch.

Mann, was erwarten Sie von mir? Logisch war das nicht in Ordnung. Auch wenn sie im Krankenhaus den Typen wieder hingekriegt haben und auch wenn es eigentlich Notwehr war und auch wenn Tara gleich danach heulend die Bullen angerufen hat. Es war absolut nicht in Ordnung.

Aber es wäre genauso wenig in Ordnung gewesen, wenn der Typ gekriegt hätte, was er von ihr wollte, oder?

Ich kann da schlecht was zu sagen.

Das Problem war dann jedenfalls, dass Tara bei der Vernehmung zugab, zwischen dem dritten und vierten Schlag gewartet und sich den Typen ein bisschen angeguckt zu haben. Wie er rumkroch und brüllte. Da heulte sie auch nicht mehr, bei dieser Vernehmung. Da war sie wieder völlig beherrscht.

Und das war, sozusagen, ihr Todesurteil. Vier Tage später hatte sie schon dieses hübsche Zimmer in der Psychiatrie. Hell und geräumig und alles. Es hieß, da wäre sie bestens aufgehoben. Ein Wunder, dass meine Mutter nicht sofort einen Innenausstatter angerufen hat.

Meine Eltern waren voll am Ende.

Ich auch.

Es hieß, man wisse nicht genau, wie lange sie dort bleiben würde. Vorläufig erst mal nur zur Beobachtung, dann würde man weitersehen.

Aber niemand sah weiter. Sie blieb eingesperrt.

Wissen Sie, was sie sagte, als ich mit ihr sprach, dieses eine Mal? Sie sagte: Hey, kleiner Bruder! Süßer kleiner Bruder, mach dir keinen Kopf, ist halb so schlimm hier. Ich hab schließlich mein ganzes Leben im Irrenhaus verbracht.

Wer an allem schuld ist?

Hm …

Schuld ist ein Wort, mit dem ich nicht viel anfangen kann. Verantwortung ist besser. Noch besser wäre ein Wort für das, was passiert, wenn jemand Verantwortung nicht übernimmt. Oder wenn er etwas unterlässt, das er besser tun sollte. Falls das, was dabei rauskommt, Schuld ist ... na ja.

Zu sagen, meine Eltern wären an allem schuld ... Also, das wäre zu einfach. Sie haben einfach dieses oder jenes nicht getan, als sie es hätten tun sollen. Und andere Dinge, die sie besser gelassen hätten, haben sie leider nicht gelassen. Aber Schuld setzt doch immer Absicht voraus, oder?

Mann, Sie fragen echt kompliziertes Zeugs.

Und Tara hat es ihnen nie leicht gemacht. Sie kann ganz schön komisch sein. Ich habe sie geliebt und alles. Ich liebe sie immer noch, total. Aber sie war echt schräg drauf. Als sie mir zum ersten Mal zeigte, wie sie sich selber schneidet ... Ich meine, Scheiße, was soll man da sagen? Ich war absolut runter mit den Nerven. Ich hab sie gefragt: Warum tust du dir das an? Und wissen Sie, was sie gesagt hat? Sie hat gesagt: Das bin nicht ich, Brüderchen.

Mann, ich ... Oder als wir bei ihr waren in der Klinik. Dieser eine Besuch, als sie mein Lieblingshemd trug, das blaue. Da sagt sie, so ganz nebenher: Wenn ich hier was verstecken will, steck ich's in mich rein.

So was sagt man doch keinem, oder? Schon gar nicht seinem Bruder.

Ich weiß nicht, wie ich mit so was umgehen soll, ich ...

Müssen wir weiter darüber reden?

Ich –

Nein, danke, geht schon wieder.

Ich will das noch zu Ende bringen, das mit der Schuld und so.

Irgendwie hab ich das Gefühl, ich bin es allen schuldig.

Grins, grins, hm?

Also, manchmal denkst du: Dieses oder jenes lang

zurückliegende Erlebnis ist eines der zwei Millionen Teile, aus denen ich mich zusammensetze. An manche Erlebnisse kann man sich gut erinnern, an andere womöglich gar nicht, jedenfalls nicht bewusst. Aber sie stecken trotzdem in dir drin.

Anfangs bist du also ganz leer. Ich glaube, du kommst auf die Welt und bist sozusagen ein weißes Blatt. Die Welt kann mit dir machen, was sie will. Und genau das tut sie auch. Mann, die Welt kann dich ficken, dass dir Hören und Sehen vergeht. Und wenn du ihr dann später in die Fresse haust, zahlst du ihr damit nur zurück, was sie dir beigebracht hat.

Manche Leute haben Glück, andere haben von Anfang an Pech. Und jetzt kommt's: Diejenigen, die Glück gehabt haben, flippen manchmal wegen irgendeiner Kleinigkeit aus, verstehen Sie? Während die, die so viel Pech gehabt haben, heilig gesprochen werden für ihre vorbildliche Lebensführung. Keiner weiß, warum das so ist. Vielleicht sind die mit dem Pech einfach die besseren Drachentöter. Schließlich kennen sie sich in der Hölle schon aus.

Die Welt sollte einfach besser auf uns aufpassen, das ist alles.

Und die Welt ist mehr als nur unsere Eltern. So viel dazu.

Eigentlich war ich mit der Geschichte ja ganz woanders. Als Sony mich abgeholt hatte und wir unterwegs waren, in dem geklauten Golf. Mann, wie es schneite in dieser Nacht …

… es hörte gar nicht mehr auf. Je weiter wir fuhren, desto mehr kam vom Himmel runter. Bis ich dachte, noch eine Minute, dann machen die Scheibenwischer das nicht mehr mit. Es saugt einen auf, wenn man in so ein Schneetreiben fährt. Es ist wie ein riesiges Loch, hypnotisch wie ein

Strudel.

Aber Sony schien es nichts auszumachen.

Er sang. Irgendeinen Song, den ich noch nie gehört hatte. Er hatte eine gute Stimme. Ich glaube, Tara hat ihn so kennen gelernt. Über seine Stimme. In irgendeinem Club, wo sie gelandet war. Stand an der Theke, guckte so durch den Raum, und es gab eine Band, und die hatte diesen Sänger, Sony. Der Rest war Geschichte.

Ich sagte: Alter, hör auf zu singen! Das macht mich nervös!

Sony guckte mich nur von der Seite an, grinste und sang weiter.

Zehn Minuten später hielt er den Wagen an. Er sang immer noch. Der Motor tickte. Schneeregen klatschte gegen die Windschutzscheibe. Die Klapse lag ein paar hundert Meter hinter uns. Hohe Mauern, vorn ein Pförtnerhaus mit Zufahrt, offenbar wirklich besetzt, denn da brannte funzeliges Licht drin; mehr hatte ich im Vorbeifahren nicht gesehen.

Sony sang noch fünf Minuten lang. Ich dachte schon, er wäre durchgedreht oder so was. Und dann, als er fertig war – und wissen Sie, er sang den Song nicht zu Ende, sondern er hörte ganz unvermittelt auf, als hätte jemand ihm den Befehl dazu gegeben, wie eine Schallplatte, von der man die Nadel reißt, nur dass es nicht so gekratzt hat –, dann also erst, als er plötzlich dieses Lied abbrach, was echt gruselig genug war, dann erst zeigte er mir die Knarre.

Schau mal, Luka!

Ich konnte es nicht fassen. Ich hab voll die Krise gekriegt, als er plötzlich die Wumme auspackte. Ich sagte: Du spinnst, Alter, pack das Ding weg!

Er zuckte nur die Achseln und meinte: Von welchem

Planeten kommst du eigentlich? Denkst du, die lassen uns da reinspazieren, rücken deine Schwester raus und packen uns noch ein paar Butterbrote ein für unterwegs?

Und es klang ... Also, es klang irgendwie völlig richtig für mich. Sony hatte so eine Art, Dinge zu sagen, dass sie dir total richtig vorkamen. Besser kann ich das nicht beschreiben. Aber nur deshalb hab ich die Klappe gehalten: Weil es sich so richtig anfühlte. Und weil ich nie gedacht hätte, dass er es ernst meinte.

Außerdem hatte ich Angst. Vor tausend Dingen. Dass er mich für ein Kleinkind halten könnte, für einen Hosenscheißer. Dass wir tatsächlich nicht an Tara rankommen würden. Schon der Gedanke, wir könnten einfach so zurückfahren, unverrichteter Dinge – schon bei diesem Gedanken kam ich mir total bescheuert kam. Außerdem war ich inzwischen sicher, dass Sony die Sache nun sowieso durchziehen würde, mit mir oder ohne mich, und dass es dann besser wäre, er hätte jemanden dabei, der ihm, hm, also, der zur Not ein bisschen beruhigend auf ihn einsprach. Das klingt vielleicht komisch, aber schließlich hatte er auch diesen weiten Weg zurückgelegt, weil ich ihn darum gebeten hatte, und er hatte den Wagen geknackt und alles, nur weil ich ihn angerufen hatte. Ich war es ihm einfach schuldig, mit da reinzugehen.

Er muss sich gefühlt haben wie ein Ritter, der einer gefangenen Jungfrau zu Hilfe kommt. Wie in einem Märchen oder irgendeinem alten Roman. War das nicht so bei Don Quichotte? Der war doch auch hinter dieser Frau her, Dulcinea oder Rosinante oder so. Wollte sie retten. Bildete sich irgendwann ein, er kämpfte gegen Drachen. Aber in Wirklichkeit war er total verrückt. In Wirklichkeit kämpfte er nur gegen Windmühlen, und noch dazu für eine verlorene Sache.

Genau wie Sony.

Aber dass er die Knarre tatsächlich benutzen würde, hätte ich nie gedacht.

Und das hat er ja auch nicht getan.

Wie kommen Sie darauf? Meinen Sie etwa, jedem geht sofort einer ab, nur weil er eine Knarre in der Hand hält? Ich fühlte mich kein bisschen unbesiegbar oder so was. Ich wollte das Ding nur so schnell wie möglich wieder loswerden, nachdem Sony es mir in die Hände gedrückt hatte. Das war, als wir schon drin waren.

Es ging alles total schnell. Plötzlich war er aus dem Auto raus und trabte an der hohen Mauer vorbei auf den Eingang der Klinik zu. Die Dunkelheit verschluckte ihn. Ich hinterher. Ich glaube, ich hab nicht mal die Beifahrertür hinter mir zugeworfen. Ein paar hundert Meter, aber die haben gereicht. Immer noch dieser Schneeregen, wir waren klatschnass.

Der Pförtner hat nicht schlecht geguckt, als Sony plötzlich vor ihm stand. Ich hielt mich zurück. Sony klopfte gegen die Scheibe. Mit der Knarre. Grinste dabei. Kugelsicher und so war nicht, ich meine, wer will schon freiwillig rein in einen Kasten mit lauter Bekloppten? Wenn überhaupt, dann wollen die doch alle raus, schätze ich.

Dem Pförtner blieb nichts anderes übrig, als aus seinem Häuschen zu kommen und uns aufzumachen. Die Tür zur Klinik, meine ich. Sony war ganz freundlich, er dirigierte den Typen vor uns her. Der Mann tat mir Leid, er war aschfahl im Gesicht. Er sagte: Bitte nicht, ich bin herzkrank, bitte nicht. Danach sagte er kein Wort mehr. Bis zum Schluss nicht.

Man denkt, es müsste nach Krankenhaus riechen in so einer Klinik, aber das tut es nicht. Es riecht nach gar nichts. Sah alles ein bisschen steril aus. Nur Nachtbeleuchtung. So eine Art krankes Blaugrün, fand ich. Richtig unheimlich, wie im Horrorfilm. Na ja, Sie kennen sich ja dort aus.

Die Nächste, die Sony sich schnappte, war eine Nachtschwester. Vermutlich war das der große Fehler. Die war dermaßen cool. Und hatte Erfahrung mit Verrückten. Sie guckt von Sony zu mir und von mir zu dem Pförtner und dann wieder zu Sony, und sie sagte: Scheißwetter draußen, was?

Ich hörte mich selber lachen, irgendwo tief in mir drin. Für einen Augenblick glaubte ich, ich hätte tatsächlich gelacht. Es war alles so unwirklich.

Sony sagte zu der Nachtschwester, wir suchen Cathrin, bringen Sie uns zu Cathrin, dann passiert nichts. Ich glaube, ich hab dann noch schnell unseren Nachnamen gesagt, damit die Frau wusste, wer gemeint war. Bescheuert, was?

Erinnern Sie sich noch, wie ich sagte, Sony wäre von Dunkelheit umgeben? Das war der Moment, in dem sie kam. Ich sage Ihnen, *ich fühlte sie kommen!* Sie legte sich um ihn wie ein weiter Mantel. Ich könnte jetzt noch schwören, dass ich es sah, weil die Luft plötzlich anders war … dichter und weniger hell.

Na ja.

Die Nachtschwester jedenfalls reagierte nicht. Blieb absolut ruhig. Meinte, wir sollten uns den Quatsch aus dem Kopf schlagen, es würde einen Riesenaufriss geben, wenn erst mal die Bullen hinter uns her wären, und es könnte echt was in die Hose gehen bei so einer Verfolgung, ob wir das wollten? Außerdem wäre noch mehr Personal im Haus unterwegs, so viele Kugeln hätten wir gar nicht, um alle zu erledigen. Sagte sie wirklich: Erledigen.

Klappe, fuhr Sony sie an. Nur ein Wort, aber das klang … irgendwie zerquetscht. Da wusste ich, jetzt wird er nervös. Die Nachtschwester wusste es auch.

Okay, sagt sie bloß.

Und marschiert los, vor uns her.

Bleibt dann stehen, nach fünf oder sechs Schritten, fast donnere ich in sie rein. Dreht sich um und sagt: Ich hab's mir anders überlegt. Diesen Blödsinn mach ich nicht mit. Verschwindet. Bis die Polizei hier ist, habt ihr eine reelle Chance. Und lasst gefälligst den Mann los.

Sony hat den Pförtner inzwischen am Kragen seiner Jacke gepackt und drückt ihm die Pistole in den Rücken. Vergiss es, sagt er, wieder so komisch gepresst.

Wir können hier stehen bleiben, bis die Frühschicht kommt, sagt die Frau. Da ist kein Zittern in ihrer Stimme und nichts. Ich bewege mich keinen Millimeter, sagt sie. Nun leg endlich das Ding hin!

Ich halte die Luft an.

Das ist der Augenblick, in dem Sony ausflippt. Oder besser gesagt, die Nerven verliert. Hält mir plötzlich die Knarre unter die Nase und sagt: Nimm.

Und ich bin so überrumpelt, ich greife einfach zu.

Dann sagt er: Los, knall die Alte ab.

Ich hätte nicht damit auf sie zielen sollen, oder? Nachher hat die Nachtschwester ausgesagt, sie hätte geglaubt, ich würde wirklich abdrücken. Sie hätte mich unterschätzt und so weiter, ihr wäre auf einmal klar geworden, dass nicht Sony die treibende Kraft war, sondern ich.

Treibende Kraft. Mann!

Sony fing an zu brüllen, wie damals vor unserem Haus: Cathrin! Cathrin! Wir sind hier, ich bin's, Sony! Er schrie immer weiter, den Pförtner immer noch beim Kragen.

Die Nachtschwester sah mich an, abwartend.

Ich wüsste gern, ob sie Angst gehabt hat, so wie dieser alte Pförtner.

Die Pistole war ganz warm. Als wäre sie ein Teil von mir. Die Nachtschwester machte einen Schritt auf mich zu. Da drückte ich ab.

Es war ein Laut, wie wenn man ein dickes Buch zuklappt. Plötzlich hab ich mich geekelt. Mein Magen pumpte los wie wild, ich dachte, gleich müsste ich kotzen. Ich war müde, einfach nur müde. Ich hatte ein Gefühl, als wäre ich kilometerweit durch Nebel gelaufen. Meine Beine waren wie Blei. Es lief nass an meinem Gesicht runter. Geschmolzener Schnee war dabei.

Die Nachtschwester hielt mir eine Hand hin. Sie sagte: Es geht ihr gut, Luka. Hinter ihr war das Loch, das die Kugel in die Wand geschlagen hatte. Sie hatte sich nicht mal danach umgedreht.

Keine Ahnung, woher sie meinen Namen kannte. Vielleicht, weil Tara tausendmal nach mir verlangt hatte.

Im nächsten Moment war Sony neben mir. Er hatte dem Nachtwächter von hinten in die Knie getreten, der alte Mann war zusammengesackt. Er riss mir die Pistole aus der Hand und zielte auf die Nachtschwester. Die wich einen Schritt zurück. Spätestens jetzt hatte sie Angst. Man sah es ihr an.

Sony brüllte irgendwas. Plötzlich war da überall Gebrüll. Die Patienten waren aufgewacht. Es klang wie … wie ein hohles, zersplittertes Echo.

Das war das Letzte, was ich hörte. Ich konnte nicht mehr. Ich setzte mich auf den Boden und wartete. Damit begann meine historische Viertelstunde. So nenne ich sie: Lukas verlorene Viertelstunde. Ich kann mich an nichts mehr erinnern. Das letzte Bild, das ich von Sony habe, ist der waagrechte Balken seiner Schultern und sind seine dunklen Haare und wie er, die Nachtschwester und den Pförtner vor sich hertreibend, in diesen blaugrünen Gang schreitet.

Irgendwann muss er mit Tara zurückgekommen sein. Die Nachtschwester und den Pförtner hatten sie in Taras Zimmer eingesperrt. Ich weiß nicht mal, ob die beiden überhaupt an mir vorbeigegangen oder bei mir stehen geblieben sind. Ob Tara mich angeschaut hat. Ob es ihre oder Sonys Idee war, mich dort hängen zu lassen.

Ein Opfer.

Ein Köder für die Bullen.

Könnte ich noch ein Glas Wasser haben, bitte?

Tja.

Ziemlich viel Aktion.

Meine Mutter tat mir am meisten Leid. Ich dachte, sie würde heulen oder so, aber sie war ganz gefasst. Ich weiß nicht, warum, aber als sie so vor mir stand, als sie sich jeden Vorwurf verkniff und nur guckte, nicht mal traurig guckte, sondern nur so, und ich dachte, sie will mich in die Arme nehmen, aber sie traut sich nicht, warum traut sie sich nicht? – da überlegte ich, wie sie gewesen sein mochte, als sie so alt war wie Tara. Ich will damit sagen, mir fiel plötzlich ein, dass sie auch mal ein Kind gewesen war und ein junges Mädchen und so. Und dass sie praktisch noch nie davon erzählt hat, wie es gewesen war für sie, damals, bevor sie meinen Vater kannte. Meine Mutter kann nicht *ich* sagen. Sie sagt immer *wir*. Daran musste ich auch denken.

Von meinem Vater hatte ich die volle Packung erwartet an Vorwürfen und Anklagen und Gebrüll und was weiß ich. Aber es kam nichts. Er war genauso drauf wie meine Mutter.

Fassungslos eben. Ich hatte das Gefühl, ich kann jetzt sagen, was ich will, es wird ihn tödlich verletzen. Es war schrecklich, ihn so zu sehen. Wie ein Ritter ohne Rüstung. Es war schrecklich, so viel Macht in mir zu spüren.

Er sagte: Wir haben vieles falsch gemacht. Ich weiß nicht, was, aber es muss jede Menge gewesen sein. Hilfst du mir, Luka? Bitte?

Ich konnte nicht mal mehr nicken oder Ja sagen.

Ich weine nicht gern.

Klar.

Jeden Tag.

Ich wünschte immer noch, sie käme bald zu mir. Würde mir das alles erklären.

Na ja, man muss wohl abwarten.

Ich glaube nicht, dass sie sich im Moment wirklich wohl fühlt. Schon gar nicht mit Sony.

Du musst einen Menschen nicht völlig verstehen, um ihn zu lieben. Ich schätze, du kennst einen Menschen sowieso nie wirklich. Niemals ganz.

Was würden Sie zum Beispiel machen, wenn ich sagte, dass kein Wort wahr ist von dem, was ich Ihnen erzählt habe?

Hm?

Ich meine, wir können ja noch eine Runde quatschen, wenn Sie Lust haben.

Ja, genau. Quatschen wir noch 'ne Runde.

Dafür werden Sie doch bezahlt, oder?

MERLE

Sie hatten dem Neuen von Anfang an keine wirkliche Chance gelassen. Kaum dass er zur Tür hereingekommen und vor die Tafel getreten war, hatte irgendwer – Boris? – damit begonnen, mit beiden Fäusten zweimal schnell hintereinander auf den Tisch zu schlagen, dann einmal in die Hände zu klatschen: Bum-bum-tschak, bum-bum-tschak, bum-bum-tschak ... Immer und immer wieder. Was anfangs noch gewirkt haben mochte wie eine gutwillige Begrüßung, war binnen Sekunden zu feindseliger Lautstärke angeschwollen. Andere hatten den Rhythmus aufgenommen. Jetzt glich der Kursraum einem Konzertsaal.

Merle fühlte sich in ein Irrenhaus versetzt. Über den stampfenden Lärm hinweg musterte sie den Neuen. Schon diese Verlorenheit, mit der er da vorne stand. Wie bestellt und nicht abgeholt. Der schmächtige Körper starr wie ein Brett. Das hagere Gesicht ausdruckslos, nur die Augen, unangenehm helle Augen, zwinkerten nervös.

Ein Bild des Jammers.

Sie lehnte sich in ihren Stuhl zurück. Fragte sich, ob die Schuld für diesen abwehrenden Empfang in purer Bösartigkeit ihrer Mitschüler zu suchen war oder ob nicht vielmehr der Neue ihn mit seinem überaus seltsamen – nicht komischen, nicht witzigen, nur seltsamen – Anblick selbst provoziert hatte. Dunkelbraune, breit gerippte Cordhose. Dazu ein blaues Hemd, wie es bestenfalls vor zwanzig Jahren modern gewesen war. Und Gummistiefel, mein Gott! Er trug gelbe Gummistiefel, und das mitten im Hochsommer.

Wie hatte er glauben können, er käme damit durch? Besaß der Typ keine richtigen Schuhe?

Der Rhythmus umspülte sie wie eine einzige mächtige Woge. Sie fühlte ihre eigenen Hände sich heben, sah sie sich aufeinander zubewegen, hörte ihr leises Lachen. Bum-bum-tschak ... bum-bum-tschak. Die Klasse war reizbar, sofort bereit, sich auf alles und jeden zu stürzen, der einen Eindruck von Schwäche vermittelte. Und dem Typen stand *Opfer* wie mit blinkenden Neonbuchstaben quer über der Stirn geschrieben. Selber Schuld.

Bum-bum-tschak ... *We Will Rock You.* Ein Uraltsong von Queen. Der Leadsänger war an AIDS gestorben.

Corinna musste gerade an dasselbe gedacht haben, denn sie beugte sich zu ihr hinüber: »Wie hieß der Typ noch mal, der Schwule?«

»Freddie Mercury.«

»Ah, genau.« Ein langsames Nicken, als hätte sie sich schon seit Stunden mit dieser Frage herumgeschlagen. »Stimmt.«

Bum-bum-tschak.

Der Neue hatte sich langsam umgedreht und schrieb jetzt seinen Namen an die Tafel. DETTMER. Weiße Kreidestriche, hastig auf den dunkelgrünen Grund geworfen. Große Buchstaben, zu weit nach rechts gekippt. Vom Einsturz bedroht, so wie ihr schmalbrüstiger Schreiber. Sehr schlanke Hände, registrierte Merle.

»Lange kann der das nicht mehr durchhalten«, murmelte sie, mehr zu sich selbst als zu Corinna, die längst wieder gebannt nach vorn starrte, die über das Klatschen hinweg, wie alle anderen, mit funkelnden Augen gierig nach Anzeichen dafür suchte, wann es so weit sein würde: Wann der Neue kapitulieren, die Fahnen streichen, aus dem Kursraum stürzen, vielleicht sogar, Gipfel des gemeinsamen Triumphs, vor ihrer aller Augen in Tränen ausbrechen würde.

Bum-bum-tschak.

Der Neue drehte sich um, stand nun wieder genauso da wie zuvor. Er schwitzte. Das mochte an der Hitze liegen, überlegte Merle, aber in der nächsten Pause würden sie behaupten, es sei Angstschweiß gewesen.

Sie hielt mit dem Klatschen inne, hob den rechten Arm, sah auf ihre Uhr. Noch zweiundvierzig Minuten. Unmöglich für den Neuen, das bis zum Ende der Stunde durchzuhalten. Und unmöglich für *sie*, so lange weiterzuklatschen, schoss es ihr durch den Kopf. Wunde Handinnenflächen würde sie, würden vermutlich sie alle, zurückbehalten von dieser Aktion.

Bum-bum-tschak.

Wozu überhaupt der ganze Zirkus, fragte etwas in ihr, wozu? Je länger der Neue – Dettmer – in seinen lächerlichen Gummistiefeln dort vorn ausharrte, offensichtlich fest entschlossen, die laufende Vorstellung bis zum bitteren Ende durchzustehen, umso heftiger verlangte diese Frage nach Antwort. Wie eine Fliege, die sich durch noch so heftiges Wedeln der Arme nicht vertreiben lassen wollte, sirrte sie penetrant in Merles Kopf herum.

Fünf Minuten später, als die Welt nur noch aus diesem einen, sich ewig wiederholenden Klang zu bestehen schien, war die Sache entschieden. Der Neue gab auf. Ging langsam, ging ohne ein Wort, setzte mit der müden Tapferkeit eines das Schlachtfeld verlassenden Soldaten einen Schritt vor den anderen; er drückte die Türklinke herunter, verließ den Raum, zog die Tür leise hinter sich zu. Bei seinem letzten Blick auf die tobende Klasse wirkten die hellen Augen noch etwas heller, ein unbestimmter Schimmer lag darin, vielleicht tatsächlich Tränen, überlegte Merle, vielleicht wirklich und tatsächlich Tränen. Etwas in ihr fühlte sich peinlich berührt.

Ein zufriedenes Summen erfüllte jetzt die Klasse, durchsetzt von zu lautem Lachen. Merle fuhr sich mit der Zungenspitze über die Lippen, betrachtete die geröteten Innenflächen ihrer Hände, die jetzt wieder ihr gehörten und ganz ruhig waren. Sie fühlte sich plötzlich ausgelaugt wie nach einem Fünftausendmeterlauf. Und die Frage war immer noch da, kreiste mit wilden Schlenkern durch ihren Kopf, flatterte wie ein Vogel, der gegen seine Käfigwände stößt.

Wozu?

Auf dem Nachhauseweg unterhielt sie sich mit Corinna über den Vorfall. Im Wesentlichen tauschten sie eine Zusammenfassung dessen aus, was bereits lang und breit auf dem Schulhof von der Clique diskutiert worden war. Die Sache war der Hit des Tages. Beide kicherten. Nein, der Neue hatte kein gutes Bild abgegeben. Jawohl, auch bei seinem nächsten Auftritt würde die Klasse ihn so abfertigen wie heute, ganz sicher. Nein, man war nicht zu weit gegangen, keinesfalls. Der Neue würde schon wissen, dass es nur ein Spiel war, eine Art Aufnahmeprüfung. So etwas gehörte eben dazu. Es war doch ganz einfach: Grenzen wurden ausgelotet, Territorien abgesteckt. Unsicherheiten bezüglich der Frage, wie weit man mit einem Lehrer, mit einem Erwachsenen gehen konnte, würden Sicherheit weichen. Der musste doch einen Spaß verstehen. Meine Güte, las der Typ keine Bücher über die Altersgruppe, die er unterrichten sollte?

»Nächstes Mal wird er mit dem Bengert auf der Matte stehen.« Corinna kickte nach einer zerbeulten Colabüchse.

Die Dose schepperte vom Gehsteig auf die Straße, ein vorbeifahrendes Auto hupte protestierend. Corinna hob beiläufig den Mittelfinger. »Verstärkung durch den Direktor. Ich schätze, der Alte wird ausrasten.«

»Wahrscheinlich«, sagte Merle. »Und wenn der Sturm sich dann gelegt hat, fängt er mit dem Englischunterricht an. Business as usual.«

»Na ja, dafür haben sie ihn schließlich geholt. Aber bis dahin«, Corinna verzog süffisant den Mund, »werden wir weiter fleißig in die Hände klatschen.«

Merle gab keine Antwort. Sie fühlte sich nicht wohl. Die Sonne brannte zu grell, am liebsten hätte sie ihre Augen schützend mit den Händen beschirmt. Autos, Häuser, Straßenlaternen, alles war viel zu klar konturiert. Corinnas Profil sah aus, als könne man sich daran schneiden. Der Mund öffnete sich.

»Jedenfalls wird er auf Rache aus sein, was meinst du?«

»Klar wird er.«

Sie empfand ihre eigene Stimme als zu laut. Ebenso Corinnas Stimme. Das Motorendröhnen vorbeifahrender Autos. Den Lärm, der von einer mit Schülern überfüllten Bushaltestelle auf der anderen Straßenseite aufstieg. Das Vogelgezwitscher, das von einem nahen Baum auf sie herabfiel.

Zu hell, zu laut dieser Tag.

»Schlachtfeld, Blutorgie, ich seh schon die Schlagzeilen.« Neben ihr stanzte Corinna mit erhobener Hand die Wörter in die Luft. »Lehrer löscht mit abgesägter Schrotflinte kompletten Englischkurs aus! Trägt dabei schwarzen Ledermantel und gelbe Gummistiefel!«

»So schlimm wird es schon nicht kommen«, hörte Merle sich sagen.

»Ach ja?« Die Hand fiel zurück nach unten. Corinna zog missmutig die Nase hoch. »Du hast gut reden, du musst dir ja keine Sorgen machen! Bei mir sieht's schon wackeliger aus.«

»Er wird die Mädchen in Ruhe lassen. Garantiert nimmt er sich als Erste ein paar von den Jungen vor.«

»Genau.« Ein Kichern. »Boris zum Beispiel. Schließlich hat der mit dem Klatschen angefangen. Boris ist ein geeignetes Opfer. Der denkt doch schon seit der fünften Klasse, ein unbestimmter Artikel wäre irgendwas aus dem Supermarkt, auf dem das Preisschild fehlt.«

Vermutlich lief es darauf hinaus, überlegte Merle. Der Neue würde Boris oder ein paar andere von ihnen fertig machen. Würde sie ein unregelmäßiges Verb nach dem anderen konjugieren oder sie irgendwelche Texte vorlesen lassen, in denen es von fremden Vokabeln nur so wimmelte. Die unbekannte, lästige Stimme, die sich am Vormittag in ihren Kopf geschmuggelt hatte, erhob sich erneut: Und dann? Wer ist dann der Gewinner in diesem Spiel, wer der Verlierer?

»Diese Stiefel!« Ein fassungsloses Kopfschütteln an ihrer Seite. »Über die komm ich echt nicht weg! Aus welcher Epoche haben die den Kerl zu uns rübergebeamt, hm?«

»Frühe Gummizeit«, erwiderte Merle trocken.

Corinna stieß einen bedauernden Seufzer aus. »Boris tut mir jedenfalls jetzt schon Leid.«

Es ließ sie nicht los. Nachdem sie zu Hause angekommen war, Bolognesesauce für Franziska und Bennie aufgewärmt und sich selbst eine Portion Spagetti auf den Teller geschaufelt hatte, ließ sie über das Geplapper ihrer Geschwister hinweg die Unterhaltung mit Corinna Revue passieren. Boris täte ihr jetzt schon Leid, hatte Corinna gesagt. Warum eigentlich? Weil er – möglicherweise – die Quittung für ein Verhalten bekommen würde, das genau betrachtet einfach nur beschissen war? Warum stand er als bedauernswerter Held da, obwohl er einen anderen Menschen verletzt hatten? Warum erregte *er* Corinnas Mitleid, aber nicht der Neue?

»War lecker, aber ich hab die Nase voll von Nudeln«, murrte Franziska.

»Beschwer dich bei Mama, wenn sie von der Arbeit kommt«, gab Corinna abwesend zurück. Sie sah auf ihren Teller. Sie hatte lustlos in den Spagetti herumgestochert und kaum etwas gegessen.

»Papa könnte ja auch mal kochen.«

»Dann beschwer dich bei dem.« Sie legte die Gabel ab, schob den Teller von sich. »Hausaufgaben?«

»Logisch.«

Bennie hatte sofort die Augen verdreht und abwehrbereit den Kopf gesenkt. »Ich muss zum Sport, ich kann doch später –«

»Nein, kannst du nicht! Und komm mir nicht jede Woche mit denselben Sprüchen, hörst du?«

»Aber wenn ich doch jede Woche Sport habe! Der Bender hat gesagt, wir sollen …«

Sie blendete sein Gequengel einfach aus. Wie hatte der Neue sich gefühlt, nachdem er die Klasse verlassen hatte? Ihm musste zum Heulen zu Mute gewesen sein. Und was, wenn er wirklich geweint hatte? Wem würde er sich anvertraut haben? War er überhaupt der Typ, der sich jemandem anvertraute, oder ließ er niemanden an sich heran? Hatte er eine Freundin, war er verheiratet? Er war neu in der Stadt, so viel wusste sie. Woher kam er überhaupt? Und warum, warum, zum Teufel, trug er diese bescheuerten Gummistiefel? Sie war sicher, dass die Gummistiefel der Auslöser für das Klatschen gewesen waren. Geschah Boris recht, wenn Dettmer ihn dafür einstampfte. Anschauen würde er Boris, aus diesen unheimlich hellen Augen, und ihn ganz leise, ganz geräuschlos einstampfen mit seinen gelben Gummistiefeln.

»... also darf ich jetzt, oder was?«

»Hm? Ach, tu, was du willst. Ist ja nicht mein Leben.« Bennies Blick war so erstaunt, dass sie laut lachte. »Aber dafür spülst du ab!«

»Abgemacht.«

»Na dann ...«

Sie ging in ihr Zimmer, warf sich auf das Bett, schloss müde die Augen. Das Bild blieb, es ließ sich nicht abschütteln: Der Neue vor der Tafel. Das leuchtende Gelb der Gummistiefel. Klatschende Hände, donnernde Fäuste. Warum konnte sie nicht aufhören, daran zu denken? Sie fühlte sich fremd. Fremd in ihrem eigenen Kopf. Als hätte sie nicht schon genug Schwierigkeiten gehabt, sich in ihrem neuen *Körper* zurechtzufinden. Vor drei Jahren, etwas später als bei den meisten ihrer Freundinnen, dafür aber mit der geballten Wucht einer biblischen Plage, war die Pubertät über sie hereingebrochen. Binnen zwölf Monaten war sie in die Höhe geschossen, waren ihre Brüste gewachsen, hatte Schamhaar zu sprießen begonnen, hatte sich sogar, was sie bis dahin niemals für möglich gehalten hätte, was in keiner verdammten Mädchen-Zeitschrift gestanden hatte, ihre Stimme verändert. Von ihrer ersten Regel war sie während des Sportunterrichts überrascht worden, eine todsterbenspeinliche Angelegenheit, weil – schon wieder und ausgerechnet – Boris als Erster den dunkelroten Fleck auf ihren weißen Shorts bemerkt und brüllend darauf aufmerksam gemacht hatte; seitdem kam und ging ihre Periode mit der Präzision eines Schweizer Uhrwerks, vielen Dank. Jeden Morgen hatte sie damals ihr Gesicht im Spiegel gemustert und dabei regelmäßig den Eindruck gehabt, irgendein verrückter plastischer Chirurg habe über Nacht darin herumgefuhrwerkt, immer unzufrieden mit dem gestrigen Ergebnis, immer auf der Suche nach Verbesserungen. Und jeden Monat war sie losgezogen auf der Suche nach neuen Klamotten und neuen Schuhen, denen sie im Monat darauf bereits wieder entwachsen war. Es war, kurz gesagt, ein Gefühl gewesen, als hätte ein Außerirdischer von ihrem Körper Besitz ergriffen und ihn nach seinen eigenen Vorstellungen umzumodeln versucht. Und jetzt, nachdem endlich Ruhe eingekehrt war, nachdem sie gelernt hatte, mit spöttischer Abwehr oder einem überlegenen Grinsen auf eine Umwelt zu reagieren, die sie immer noch als *Mädchen* betrachtete, ausgerechnet jetzt spielte ihr Denken verrückt.

Okay, dachte sie, okay. Du hast diesen Scheiß einmal mitgemacht, aber da warst du unvorbereitet. Diesmal weißt du es besser. Egal, ob dein Körper sich verändert oder dein Geist. Warte einfach ab. Beobachte die Sache von außen. Entweder, da tut sich was in deinem Kopf, etwas Neues, dann wirst du es schon mitkriegen. Oder du hast nur einen schlechten Tag. So was geht vorbei.

Am Mittwoch wiederholte sich die Show. Dettmer kam allein. Keine gute Idee. Offensichtlich nahm er an, auf Schützenhilfe durch den Direktor nicht angewiesen zu sein. Vielleicht widerstrebte es ihm auch, sich gleich nach Amtsantritt vor seinem neuen Schulleiter als ein Versager zu präsentieren, der seine Klasse nicht im Griff hatte. Wie auch immer: Er kam allein. Er trug die unglaublichen gelben

Gummistiefel. Er trug, noch unglaublicher, dieselben Klamotten wie zwei Tage zuvor, dunkelbraune Cordhosen, blaues Hemd. Fünf Sekunden lang herrschte überraschte Stille. Dann…

Bum-bum-tschak.

Merle klatschte nicht mit. Sie sah nach vorn, die Augen fest auf Dettmer gerichtet, blickte sich dann langsam um. Auch Annett, natürlich, außerdem Nils und Gunnar verweigerten sich der Klatscherei. Anhänger der Leistungstheorie. Große Überraschung. Die drei wollten es sich mit dem Neuen nicht versauen. Vermutlich hatten sie schon am Montag nicht mitgemacht; es war ihr nicht aufgefallen. Alle anderen klatschten mit. Neben ihr biss Corinna sich auf die Unterlippe, um ein Lachen zu unterdrücken. Sie gluckste. Ihr Kopf war hochrot. Merle wollte sich zu ihr umdrehen, wollte sagen: Die Farbe steht dir nicht.

Diesmal war die Sache binnen drei Minuten entschieden. Dettmer ging, nicht leise, wie noch am Montag, sondern mit einem Kopfschütteln, mit Wut in den hellen Augen, mit einem kräftigen Türenschlagen. Merle bemerkte, wie Corinna neben ihr erschreckt zusammenzuckte.

»Arschloch«, hörte sie Boris verächtlich ausstoßen. Zustimmendes Gelächter. Stühlerücken. Ein blitzschnell anschwellendes Raunen, als alle gleichzeitig zu sprechen begannen. Ein Papierball schwebte wie in Zeitlupe in perfekter bogenförmiger Flugbahn auf den Abfalleimer zu, verfehlte ihn.

Das Arschloch bist du.

Die Worte tönten so laut in ihr, dass Merle im ersten Moment glaubte, sie tatsächlich ausgesprochen zu haben. Ein sinkendes Gefühl erfüllte ihren Körper. Sie hasste Boris. Hasste die Art, wie er seine eigene Unsicherheit – eine Unsicherheit, die sie seit Jahren, seit der Grundschule an ihm kannte und von der ihr im Moment absolut gleichgültig war, woher sie rührte – durch Terror gegen andere zu kaschieren versuchte. Was für ein armseliger Typ, der wie ein Vampir Kraft aus der Pein seiner Opfer bezog, um seine eigene klägliche Existenz zu sichern. Wo war das verdammte Problem? Was hinderte Menschen wie Boris daran, zu ihren Schwächen zu stehen? Verstand er nicht, dass er nicht angreifbarer wurde, sobald er sich zu seinen Schwächen bekannte, sondern so gut wie unbesiegbar? Was trieb ihn dazu, anstatt sich der Welt zu öffnen, sich in einen selbst geschmiedeten Panzer zurückzuziehen? Wofür hatte er Freunde, wofür seine Clique, wenn er nicht darauf vertrauen konnte, dort aufgefangen zu werden, sobald er sich fallen ließ?

Und was ist mit deiner Angst vor dem Fallen?

Sie hörte Corinnas Stimme und wandte sich zur Seite. »Was?«

»Ob dir was fehlt, hab ich gefragt. Du hast so 'nen glasigen Blick.« Corinna kicherte. »Bist du unter die Kiffer gegangen, oder was?«

»Sehr, sehr witzig!« Es klang wie *Blöde Kuh!* und genauso wurde es auch von Corinna interpretiert.

»Hey!«, schnappte sie beleidigt. »War doch nur eine Frage.«

»Wie wär's, wenn du Boris fragen würdest, warum er hier den Affen macht?«

»Spinnst du jetzt total, oder was?«

»Ach, lass mich in Ruhe.«

Corinna starrte sie noch fünf Sekunden lang an, bevor sie sich abwandte, ein Blatt Papier aus dem Schreibblock riss und es in kleine Streifen zu zerschreddern begann. Sie war beleidigt, doch das würde sich bald wieder geben. Dennoch hätte Merle sich am liebsten auf die Zunge gebissen. Was, wenn ihr so etwas noch einmal passierte? Und noch einmal? Wie oft konnte sie ihrer besten Freundin vor den Kopf stoßen, bis diese sich von ihr abwandte? Wie oft konnte sie *irgendwen* vor den Kopf stoßen?

Ein nagendes, unbehagliches Gefühl ergriff von ihr Besitz. Plötzlich wusste sie nicht, was ihr mehr Angst bereitete: die Vorstellung, sich bei ihren Freunden unbeliebt zu machen und gleich einem einzelnen Blatt völlig allein gelassen durch einen einsamen Herbst zu trudeln. Oder die Geschwindigkeit, mit der der Gedanke, *genau dies zu tun*, sich in ihr festgesetzt hatte. Festgesetzt, verklemmt, verhakt, angedockt – kein Angriff auf ihr Ich, sondern ein untrennbarer Teil davon, den sie bisher nicht gekannt hatte und der jetzt lautstark seine Anerkennung einforderte.

Am Samstag hatte sie ein Erlebnis, das sie in der Annahme bestätigte, dass man, sobald man einmal begonnen hatte, sich mit einem bestimmten Thema zu beschäftigen, plötzlich auf Schritt und Tritt damit konfrontiert wurde.

Zum ersten Mal war ihr dieses Phänomen vor zwei Jahren aufgefallen. Damals war ihr Vater an der Galle operiert worden. Kaum hatte die Neuigkeit die Runde gemacht, dass das kleine, schwarzgrüne Organ den Göttern in Weiß als Opfer dargebracht werden sollte, hatte es plötzlich im Bekanntenkreis ihrer Eltern von bösartigen Gallenblasen und Koliken nur so gewimmelt. Man hätte glauben können, eine Epidemie sei ausgebrochen. Und erst vergangenen Monat, nachdem sie sich auf der Suche nach neuen Turnschuhen endlich für eine bestimmte Marke entschieden hatte, von der sie im Laden noch sicher war, sie nie zuvor gesehen oder davon gehört zu haben, schien tags darauf die halbe Stadt mit diesen Schuhen durch die Gegend zu laufen. Die Welt, hatte sie entschieden, war ein Meer zufälliger Geschichten, und keine einzige darunter war wirklich neu. Ganz gleich, welche von ihnen man aus der Tiefe angelte, um sie an der Oberfläche gründlich zu begutachten, kam man früher oder später nicht umhin, seinen Fang mit dem anderer Fischer zu vergleichen. Festzustellen, dass die Geschichten sich glichen, dass sie alle nach einigen wenigen, uralten Mustern gestrickt waren.

Sie hatte sich durch den Supermarkt gedrängt, um den Wochenendeinkauf zu erledigen. Früher Nachmittag. Ihre Mutter wirbelte durch den Haushalt, bereitete das Abendessen vor, ihr Vater würde erst um fünf Uhr von der Schicht kommen. Die beiden Taschen zogen an ihren Armen. Dichter Verkehr auf der Straße, überall Menschen, wie sie selbst, auf dem Weg zu oder vom Einkaufen, lachende Gesichter, genervte Gesichter, stumpfe Gesichter, fröhliche Gesichter.

Und dann war da der kleine Junge auf dem Fahrrad, nur wenige Meter vor ihr. Er hatte sein Rad über den Gehsteig geschoben, und dort stand er. Er und die beiden anderen Jungen, die älter waren und größer und die auf ihn einredeten und ihn bedrängten. All die Menschen, die sich um diese winzige Insel herum teilten, hatten keinen Blick übrig für das, was da vor sich ging. Die nicht sahen oder nicht sehen wollten, dass die beiden Älteren sich im selben Maß aufplusterten, wie der Jüngere in sich zusammensackte. Einer der beiden größeren Jungen hatte das Fahrrad bei der Lenkstange gepackt und begann es leicht zu schütteln.

Später schalt sie sich dafür, dem Impuls zu plötzlich nachgegeben zu haben, nicht kontrollierter vorgegangen zu sein. Sie rannte, so schnell die schweren Einkaufstaschen es zuließen, auf die Szene zu, wich einigen Passanten aus, war plötzlich dort, erhob sich über den drei Jungen wie ein mythisches Untier, donnerte los wie ein plötzliches, vom Horizont herangeschwapptes Gewitter.

»Verpisst euch und lasst meinen Bruder in Ruhe, sonst gibt's was um die Ohren, ihr Hosenscheißer. Verstanden?«

Es waren weniger die Worte als die hörbare, sie selbst überraschende Wut, mit der sie aus ihrem Mund herausschossen. Die beiden Jungen sahen überrascht zu ihr auf. Sie waren Kinder, kaum älter als Bennie. Im nächsten Augenblick hetzten sie davon wie geprügelte Hunde.

»Und du«, fuhr sie mit dem nächsten Atemzug den Jungen auf dem Fahrrad heftig an, »solltest lernen, wie man sich zur Wehr setzt! Herr im Himmel, ich meine, guck dich doch um! Meinst du, die beiden Blödbacken hätten dir auf offener Straße was getan?«

Es war ein dummes Argument – die nächste Straße war vielleicht unbelebter oder gar keine Straße, sondern ein Spielplatz, ein Park, der Schulhof. Die Unterlippe des Jungen begann zu zittern. Noch ehe sie sich für ihre unangemessene, völlig ungerechte Heftigkeit bei ihm entschuldigen konnte, hatte er sein Fahrrad gewendet, auf die Straße gewuchtet und war mit wenigen kräftigen Pedaltritten verschwunden.

Merle sah ihm nach. Sie fühlte sich ausgelaugt, fehl am Platz, zu klein für die Welt. Sie hatte es falsch gemacht, völlig vergeigt. Hatte ihm womöglich mehr Angst eingejagt als zuvor die beiden Tyrannen. Und was hatte ihr Einsatz schon gebracht? Wie vielen kleinen Jungen weltweit war es in diesem Moment genauso ergangen? Wie oft hatte sich diese Geschichte in den letzten Stunden und Minuten abgespielt, wie oft würde sie sich in Zukunft noch wiederholen?

Mit einem zum Himmel gesandten Stoßseufzer ging sie weiter. Sie selbst, schoss es ihr durch den Kopf, hatte immer Glück gehabt. Da war nie etwas gewesen, womit sie den Unmut oder den Spott anderer auf sich gezogen hätte. Keine Zahnspange, keine Brille, kein schlecht geschnittener, ausgefranster Pony. Keine miesen schulischen oder sportlichen Leistungen. Keine eigene Meinung, die je mit der anderer kollidiert wäre. Ihr Leben war ein sicherer Kokon gewesen, warm, behaglich, schützend. Bis dieser Mann mit seinen gelben Gummistiefeln aufgetaucht war und alles verändert hatte. Oder war es etwas anderes, das sich verändert hatte? Ihre Hormone, der Luftdruck? War sie das Opfer irgendeiner kosmischen Strahlung? Mutierte man auf Grund genetischer Programmierung, die praktisch über Nacht völlig neue Gedankengänge zur Entfaltung brachte, automatisch zum Erwachsenen? Oder war es eine psychologische Sache? Hatte es Vorkommnisse in ihrem Leben gegeben, die jetzt diesen plötzlichen Wunsch nach Fairness gegenüber anderen in ihr geweckt hatten? Hatte sie schon früher überlegt, wie eine Welt, in der die Schwächeren zum Untergang verurteilt schienen, zu einem besseren Ort gemacht werden könnte? Bis auf den Spruch ihrer Mutter *Was du nicht willst, das man dir tu, das füg auch keinem andern zu* konnte sie sich an nichts erinnern.

Es gehörte doch einfach dazu, oder? Jeder war schon mal fertig gemacht worden. Tränen gehörten dazu. Oder? Sie stöhnte leise auf. Noch vor einer Woche, dessen war sie sicher, wären ihr solche Überlegungen nicht durch den Kopf gegangen. Wer hatte bloß dieses verdammte Spinnennetz gewoben, in dem sie sich mit ihren Fragen verfing?

Und wohin sollten diese Fragen führen?

Bei dem Gedanken begann ihr Herz heftig zu pochen, Hitze flutete in ihr Gesicht, ihre Hände begannen zu prickeln. Sie blieb mitten auf dem Gehsteig stehen und stellte die Einkaufstaschen ab. Sich von den anderen auszugrenzen, indem sie verkündete, dass ihr an deren Verhalten etwas nicht passte, dass sie es für *kindisch* hielt und damit für albern, grenzte an Selbstmord. Jede Clique mochte ihre eigenen Gesetze haben, nach denen das Zusammenspiel ihrer Mitglieder funktionierte. Aber in jeder Clique galt auch: Wir sind Viele, und als Viele sind wir eins. Eins in unseren Ansichten, eins in unseren Vorlieben, eins in unseren Abneigungen. Wir mögen verschiedener Meinung sein, uns deswegen streiten und an die Hälse gehen, aber letztlich finden wir einen gemeinsamen Nenner, letztlich werden wir uns immer versöhnen, niemand kann zwischen uns treten, wenn wir es nicht ausdrücklich zulassen, denn

Wir
Sind
Eins

Sie zuckte zusammen. Neben ihr war ein Wagen dicht an den Bordstein gefahren und hatte angehalten.

»Entschuldigung!«

Der Mann auf der Beifahrerseite sah sie durch das offene Fenster an. Höchstens fünfundzwanzig, schätzte Merle, etwa genauso alt wie der abwesend wirkende, den Blick fest geradeaus richtende Fahrer, von dem sie nur das markante Profil sah. Gut aussehend, beide. Weiße Zähne blitzten auf, als der Beifahrer sie ansprach. Seine rechte Hand schob sich aus dem Fenster und hielt ihr einen Zettel entgegen.

»Wir müssen in dieses Kaff. Weißt du zufällig, wo es langgeht?«

Merle sah kurz auf den Zettel, dann streckte sie den rechten Arm aus. »Geradeaus bis zur nächsten Kreuzung, dort links, dann …«

Sie erklärte den Rest des Weges. Der Mann lauschte konzentriert, ab und zu nickte er. Irgendwann fiel ihr auf, dass seine linke Hand auf dem rechten Bein des Fahrers ruhte. Ganz selbstverständlich. »Danke«, sagte er, nachdem er die Wegbeschreibung korrekt wiederholt hatte. »Schönen Tag noch.«

Das Fenster summte hoch, der Motor heulte auf. Merle sah dem Wagen nach. Was wollten die beiden auf dem Dorf? Kühe kaufen? Sie trugen Anzüge, weiße Hemden und Krawatten. Es war Samstag. »Bestimmt 'ne Hochzeit«, murmelte sie. »Mann, deren Sorgen möchte ich haben!«

Und was für Sorgen könnten das sein? Kleinere als deine eigenen? Größere? Wer gibt dir die Maßstäbe vor, wer nennt die Zahlen?

»Halt die Klappe«, zischte sie.

Diese beiden Typen fuhren zu einer Hochzeit, Corinna ging heute zum Geburtstag einer Cousine, Bennie tobte mit seinen Fußballern durch die Sporthalle, Franziska und ihre Freundinnen würden am späten Nachmittag in irgendeinem Kino mit Popcorn um sich werfen. Die ganze Welt, sie selbst ausgenommen, amüsierte sich. Kein Schwein gab etwas auf das, was ihr durch den Kopf ging. Niemanden interessierte, wie allein gelassen sie sich fühlte mit dieser verdammten Stimme, die einfach nicht aufhören wollte, sie mit ständig neuen Fragen zu belästigen. Die ihr jetzt zuflüsterte: *Was denkst du für einen Unsinn? Vor fünf Minuten, dieser Junge auf dem Fahrrad … Glaubst du etwa,* der *amüsiert sich jetzt?*

Schlecht gelaunt legte sie den Rest des Weges mit so schnellen Schritten zurück, dass sie vollkommen außer Atem zu Hause ankam. Sie stellte die Taschen in der Küche ab, erklärte ihrer Mutter, sie fühle sich nicht besonders wohl, und zog sich auf ihr Zimmer zurück. Das Wochenende war im Eimer, so viel stand fest.

In der Nacht von Sonntag auf Montag träumte sie davon, wie sie am kommenden Morgen die Klasse betrat. Vor der Tafel blieb sie stehen. Sie hatte sich auf ihren Stuhl setzen wollen, neben Corinna, doch der Stuhl war fort. Corinna musterte sie wie eine Fremde. Alle sahen sie erwartungsvoll an. Merle sah an sich herunter. Sie blickte auf gelbe Gummistiefel.

Jemand begann zu klatschen.

Montag, vierte Stunde, dritter Auftritt. Andere Hose, ein frisches Hemd, aber dieselben gelben Gummistiefel.

Unglaublich.

Und keine Verstärkung. Der Neue war mit nichts bewaffnet als mit seinem hellen Blick, seinem Schweigen und, möglicherweise, mit dem festen Vorsatz, den Kampf diesmal durchzustehen.

Bum-bum-tschak.

Inzwischen war es gerade noch die halbe Klasse, die mitmachte, die anderen gaben sich betont gelangweilt, blickten zur Decke oder zum Boden, kramten in ihren Taschen, lehnten sich in ihren Stühlen zurück und bekritzelten Papier. Sie hatten die Nase voll von diesem Spiel, aber sie würden sich eher die Zungen abbeißen, als das zuzugeben. Ihre teilnahmslosen, gleichgültigen Fassaden waren das Versteck, in dem sie abwarten würden, bis der Sturm sich gelegt hatte.

Andere trommelten und klatschten dafür umso hartnäckiger und lauter. Es würde nie aufhören. Sie würden ihr Leben lang klatschen und damit, ohne es zu wissen, ihrer eigenen Unsicherheit applaudieren.

Bum-bum-tschak.

»Moment mal.«

Der Lärm erstarb sofort. Merle spürte fünfundzwanzig überraschte Augenpaare auf sich gerichtet – sechsundzwanzig, Dettmers erstauntes Gesicht hinzugerechnet. Die Blicke lasteten wie ein tonnenschweres Gewicht auf ihren Schultern, das sie auf ihren Stuhl hinabzudrücken versuchte. Doch genau deshalb war sie aufgestanden: Damit es für sie kein Zurück gab. *Und vielleicht*, meldete sich ironisch die Stimme in ihrem Kopf, *vielleicht auch, um zu überprüfen, wie man auf Beinen aus Pudding steht.*

Na ja, man steht, dachte Merle. Dennoch war sie froh und dankbar, sich die nächsten beiden Sätze heute Morgen auf dem Schulweg wieder und immer wieder vorgesagt zu haben, wie zur Vorbereitung auf einen Leistungstest. Was es ja auch war. Ihre größte Angst war gewesen – war es noch –, dass die Worte in ihrer Kehle stecken bleiben würden, wenn sie erst einmal aufgestanden war. Es war so still in der Klasse, dass sie neben sich Corinna laut atmen hörte.

»Ich hab die Nase voll von diesem Quatsch«, sagte sie. »Wir sind hier doch nicht im Kindergarten.«

Das Schweigen, längst absolut, dehnte sich immer weiter aus. So musste ein Schauspieler sich fühlen, der auf die Bühne getreten war und … nun, nicht seinen Text vergessen, aber irgendetwas falsch gemacht hatte. Kolossal falsch. Hinter ihr tönte es: »Setz dich gefälligst hin, Alte! Du versaust uns den Spaß!«

Merle erkannte die Stimme, sie musste sich nicht zu ihm

umdrehen. Und tat es dennoch: Wandte sich um, sah ihm in die Augen, entließ ihn nicht aus ihrem Blick, sagte laut: »Mein Gott, Boris, was bist du bloß für ein armseliger Arsch!«

Sie wusste nicht, was sie erwartet hatte, konnte sich nicht erinnern, über diesen Punkt hinausgedacht zu haben. Wenn überhaupt, überlegte sie jetzt – und sie hatte so viel Zeit, um zu überlegen, denn die Welt hatte aufgehört sich zu drehen, die Welt war jetzt völlig bewegungslos, die Welt war atemlos –, wenn überhaupt, dann hätte sie vermutlich mit Lärm gerechnet, mit einem Aufruhr, mit wütendem Protest von der einen, Zustimmung von der anderen Seite.

Aber da war nichts.

Bis auf das wieder eingekehrte tiefe, völlige Schweigen.

Bis auf Boris, der sie ungläubig anstarrte.

Bis auf Corinna, die gequält, peinlich berührt die Augen geschlossen hatte.

Bis auf Dettmer, der mit hellem Blick ein dünnes, kaum wahrnehmbares Lächeln lächelte.

Bis auf die eine Frage, auf die Merle noch eine Antwort haben wollte; haben musste, wenn die regungslose Welt je wieder einen Takt erhalten, sich drehen, ausatmen sollte. Also wandte sie sich Dettmer zu, musterte ihn langsam und gründlich von oben bis unten, als sähe sie ihn zum ersten Mal.

»Und Sie«, hörte sie sich selbst sagen, »könnten uns jetzt endlich mal erklären, warum Sie jedes Mal in diesen bescheuerten Gummistiefeln hier ankommen.«

DEFENDER

Die Chronik meiner Rettung beginnt mit einer der fragwürdigen Lieblingsgeschichten meiner Mutter. Als sie meine erste Geburtstagsparty vorbereitete, hatte sie etwa genauso viel Kohle auf der Naht wie heute, nämlich gar keine, wenn man von der nicht gerade großzügig bemessenen Stütze absah, die schon damals jeden Monat das Sozialamt rüberschob. Meine Mutter haute die letzten Kröten zur Feier des Tages für Shit und – damals klaute sie noch nicht – etwa zehn Kilo Schokolade raus. Dutzende ihrer Kifferfreunde fielen in unsere enge Dachwohnung im fünften Stock ein. Für mich, das Geburtstagskind, interessierte sich natürlich kein Schwein. Der eigentliche Star des Tages war meine Mutter, die großzügig harziges Manna vom Himmel regnen ließ. Die dankbaren Gäste zogen sich damit die Glocke zu, dann krochen sie in die nächste Ecke, wo sie zeitvergessen aus stecknadelgroßen Pupillen die Wände anstierten. Als endlich wieder Leben in sie kam und sie gierig die Schokolade in sich reinschaufelten, schwafelten sie von ihren UFO-Entführungen in Richtung Andromeda oder Alpha Centauri. Ich stand derweil mit voll gekackten Windeln im Laufstall, umnebelt von teils süßlichen, teils beißenden, in jedem Fall völlig undurchdringlichen Rauchschwaden: das erste Baby der Welt, das Gefahr lief, noch bevor es das Laufen gelernt hatte, an Lungenkrebs durch Passivrauchen zu erkranken. Irgendwann fing ich an erbärmlich zu weinen. Und irgendwann bemerkte das auch jemand.

»Der Stinker hat Hunger«, sagte einer der Typen.

»Echt«, sagte meine Mutter.

»Schnitzel«, meinte der Typ. »Babys fahren voll ab auf Schnitzel.«

»Echt«, sagte meine Mutter.

Schnitzel war natürlich nicht da. Deshalb einigte sich die völlig verstrahlte, aber plötzlich nervös um mein Wohl besorgte Meute auf den nächstbesten Fleischersatz: Hackfleisch. Billig, bekömmlich und noch dazu, einen herzlichen Dank an das Sozialamt, in ausreichender Menge im Kühlschrank vorhanden. Wenn man meiner Mutter glauben darf, muss diese Hackfleischaktion ein großes Hallo gewesen sein. Die Meute rieb mir das Zeug unter die Nase, sie schmierte mir das Gesicht damit ein, stopfte es mir in den Mund; doch ich undankbares kleines Balg umklammerte hartnäckig die Gitterstäbe meines Laufstalls und brüllte weiter meinen Protest in die Welt. Brach meiner Mutter natürlich das Herz, behauptete sie im Nachhinein, aber der Typ mit der bescheuerten Idee sei einfach so überzeugend gewesen, und schließlich hatte ich zuvor die Schokoladenaufnahme verweigert, oder hatte sie mir überhaupt Schokolade …? Na, egal, jedenfalls hast du absolut niedlich ausgesehen mit deiner kleinen verschmierten Schnute, Johannes, wir haben dich alle *sooo* geliebt!

Wann immer meine Mutter diese Story früher erzählte – und sie ließ keine Gelegenheit dazu aus –, packte mich dermaßen die Wut, dass ich die nächste Wand einschlagen wollte. Ich meine, was soll der Scheiß? Wo ist der verdammte Witz? Ein hungriges Baby, dem man den fast zahnlosen Rüssel mit Hackfleisch zugekleistert hat – gibt es etwas Armseligeres? Der Anblick hätte selbst den abgebrühtesten Sozialarbeiter in den Infarkt getrieben, hundertprozentig, aber dieser versammelte Verein von Kiffern und Abhängern und Losern lachte sich halb schlapp und fand es *niedlich!*

Warum ich dieses Ereignis erwähne: Damals muss sich zum ersten Mal so etwas wie Widerstand in mir geregt haben, denn ich hasse Fleisch bis heute. Ich brauche das Zeug nur zu sehen oder zu riechen, schon wird mir übel. Dann höre ich Schweine in nackter Panik um ihr Leben quieken und sehe Rinder Angstschissfladen von einem Meter Durchmesser abseilen. Nein danke, kein Fleisch für mich. Ich bin Vegetarier und stolz darauf. Selbst als ich noch wie ein Rabe klaute – was nicht allzu lange zurückliegt –, blieb ich, wenn es um Lebensmittel ging, ausschließlich bei Gemüse und Körnerzeugs. Eva machte mich dafür mehr als einmal von der Seite an. Nicht wegen der Klauerei, sondern weil es sie nervte, dass ich immerzu mit irgendwelchem Körnerfraß anrückte. Sie behauptete, man kriege davon Pickel. Die Körner würden sich nicht auflösen im Bauch, sondern irgendwie an die Körperoberfläche kriechen, direkt unter die Haut. Eine solche Vorstellung sprach meiner Ansicht nach bestenfalls für Evas Phantasie, weniger für ihren Intellekt, aber was sollte ich machen? Niemand ist vollkommen, und ich war verrückt nach Eva. Es gab eine Zeit, da hätte ich meine Seele für sie verkauft … und auf gewisse Weise wäre es ja auch beinahe dazu gekommen.

Natürlich heiße ich nicht wirklich Johannes. Ich fand den Namen schon als Kind scheiße. Meine Mutter, weder besonders belesen noch bibelfest, hatte mich so genannt, weil sie sich vage an irgendwelche Geschichten aus dem Religionsunterricht erinnerte. Darin war vom Leben und Wirken dieses Propheten die Rede, der als Täufer Unmengen von Schäfchen in die Arme des Herrn getrieben hatte. Das fand meine Mutter klasse, das war genau ihr Ding: Erlösung vom irdischen Übel, glorreiche Fahrt ins Himmelreich, amen und aus. Sie wollte, das mal was aus mir wird. Irgendwas Esoterisches, meine ich, eine Art Messias. Ihr kleiner Johannes sollte gegen die großspurigen Typen anstinken können, mit denen sie ins Bett stieg und von denen jeder einzelne behauptete, angeblich schon mal von Außerirdischen entführt und zu barbarischen medizinischen Experimenten missbraucht worden zu sein. Einer der Typen war, wenn man meiner Mutter Glauben schenken durfte, tatsächlich nie wiedergekommen. Das war mein Vater.

Hätte meine Mutter sich die Mühe gemacht, irgendwann tatsächlich in der Bibel zu lesen, wäre ihr vielleicht aufgefallen, dass Johannes der Täufer nach seinen missionarischen Heldentaten einer Bekloppten namens Salome in die Hände fiel. Die ließ sich, weil er nicht auf sie abfuhr, seinen abgetrennten Kopf auf einem Silbertablett präsentieren. Und spätestens ein Blick ins Buch der Offenbarung des Johannes, das in den leuchtendsten Farben – vor allem Rot – das Jüngste Gericht schildert, hätte ihr gezeigt, dass die Wahl meines Namens eine zweischneidige Sache war. Denn so kam Mamas niedliches Kind mit der verschmierten Schnute letzten Endes über sie herab: wie giftiger Schwefelregen, wie ein gewaltiges Erdbeben, wie eine mächtige Flutwelle – und zwar alles in einem. Ihr kleiner Johannes entwickelte sich zu einer Art Ein-Mann-Apokalypse. Aus der Traum vom Messias. Ich war, wenn man meine Mutter heute hört, ein ekelhaftes, absolut unausstehliches Kind, das unablässig brüllte, Geschirr zerwarf, Tapeten bekritzelte und in den Kühlschrank pinkelte. Man kann es selbstverständlich auch anders sehen: Ich war ein Kind, das keine Gelegenheit ausließ, um ihre Aufmerksamkeit, um ihre Anerkennung und um ihre Liebe zu betteln.

Für die Nerven meiner Mutter war das alles zu viel. Nachdem ich den Rauhaardackel der Nachbarn in einer Plastikwanne auf dem Fluss ausgesetzt hatte – er schipperte weiter, als ich selbst es jemals aus der Stadt heraus schaffen sollte, glatte neunzehn Kilometer, bevor man ihn unterhalb eines Wehrs vor dem Absaufen rettete –, gab sie mich auf, so wie sie sich selbst irgendwann aufgegeben hatte. Sie brüllte mich an, sie habe die Schnauze endgültig voll von mir, ich hätte ihr Leben zerstört, ab jetzt solle ich gefälligst selbst für mich sorgen. Faktisch änderte sich für mich damit überhaupt nichts, schließlich hatte ich schon immer, soweit es in meiner Macht lag, selbst für mich gesorgt. Dennoch hatte sich auf subtile Art und Weise etwas verändert. Die kleinen grünen Männchen hatten mich dank ihres wissenschaftlichen Eifers zu einem Dasein als Halbwaise verdammt. Kraft dieses mütterlichen Urteils nun, das nie zurückgenommen werden sollte, war ich im zarten Alter von zehn Jahren soeben zur Halbvollwaise erklärt worden.

Als Erstes, sozusagen zur Besiegelung meines neuen Status, gab ich mir einen neuen Namen. An jenem denkwürdigen Tag kniete ich in Mimi Kaminskis Zeitungsladen vor dem halbhohen Regal mit den Comics auf dem Boden und versuchte in einem der bunten Heftchen zu lesen, während etwa um dieselbe Zeit, was ich nicht wusste, eine außerplanmäßig einberufene Lehrerkonferenz über meinen ersten – aber nicht letzten – Schulverweis entschied. Am Vormittag hatte es Stress gegeben. Die Sache machte mir so sehr zu schaffen, dass ich kaum bemerkte, wie Mimis umfangreicher Körper sich vor mich schob. Sie beugte sich zu mir herab, so weit ihre ausladenden Brüste das im immer währenden Kampf gegen die Gravitation zuließen, hielt mir einen Schokoriegel unter die Nase und sagte: »Ein Mars, Johannes?«

Normalerweise gab es nichts, was ich lieber tat, als Comics zu lesen und dabei Schokolade zu essen. Gelegenheit dazu hatte ich reichlich, denn der um die Ecke liegende kleine Kiosk war seit Jahren meine Bibliothek. Früher, bevor sie zum Klauen in Supermärkten überging, hatte meine Mutter jeden Tag ihre Kippen bei Mimi Kaminski eingekauft. Klein Johannes hing bei den Kioskbesuchen in ihrem Schlepptau. Mimi Kaminski, unverheiratet, übergewichtig, schwer zuckerkrank, hatte schon einen Narren an mir gefressen, als ich kaum piep sagen konnte. Offenbar war ich auch ohne Hackfleisch im Gesicht ganz niedlich. Unsere Freundschaft hatte begonnen, als ich als vierjähriger, rotzverschmierter Stöpsel eines Morgens auf eigene Faust in ihrem Laden aufgekreuzt war. Meine Mutter war über Nacht nicht nach Hause gekommen, ich hatte Angst vorm Alleinsein und tierischen Hunger – große Neuigkeit! Mir musste wohl Mimi Kaminski eingefallen sein, die mir ab und zu einen Bonbon zugesteckt hatte. Jedenfalls stand ich plötzlich vor ihr, mitten im Winter, verheult und mit nichts am Leib als einem Paar verspeckter kurzer Hosen und einem schmutzigen Unterhemd. Die verschiedenartigen Ausdrücke, die sich bei meinem erbarmungswürdigen Anblick auf Mimi Kaminskis rundem Gesicht widerspiegelten, gehören zu meinen ersten sehr klaren Erinnerungen: Ein Sturm ging darüber hinweg, eine Mischung aus Unglauben, Bestürzung, Empörung, Entschlossenheit – in genau dieser Reihenfolge. Mimi schnaubte kurz auf, drückte sich resolut hinter dem Tresen hervor, nahm mich auf den Arm, trug mich in ihr kleines, überheiztes Kabuff hinter dem Laden und verfütterte ihr Frühstück an mich.

Für eine Kioskbesitzerin war Mimi eine ziemlich wortkarge Frau. Über die vielen Jahre hinweg habe ich kaum etwas Persönliches von ihr erfahren. Wenn ich nachfragte, wie ich es anfangs tat und auch später mehrfach versuchte, winkte sie nur ab. Sie war bescheiden und führte ein unaufgeregtes Dasein. Der Platz, den ich in ihrem Leben einnahm, war zwar konstant, doch letztlich füllte ich ihn lediglich aus wie ein lieb gewonnenes Möbelstück. Wir führten eine schweigende Freundschaft. Kann sein, dass eine langjährige Ehe sich so anfühlt.

Äußerlich hingegen war Mimi Kaminski ein Original. Ihre ewig zerzausten, lange vor der Zeit ergrauten Haare, ließen an einen Wischmopp denken, und immer war sie in viel zu viele, viel zu dicke Klamotten verpackt, weil sie trotz der sommers wie winters voll aufgedrehten Heizung ständig fror. Außerdem besaß Mimi Unmengen von Lippenstiften, Lippenstifte waren sozusagen ihr Hobby. Ihr Mund war so klein, ihre Lippen so dünn, dass sie sich praktisch gezwungen sah, sie anzumalen, weil sonst, wie sie mir einmal erklärte, ihr Gesicht aussähe, als wäre etwas vergessen worden. Und da man, wie Mimi gern sagte, auf einem Bein nicht gut steht, tünchte sie auch den Rest ihres Gesichts mit auffallenden Farben, schminkte sich Brauen und Augen, als ging es darum, mit den Pfauen im Zoo um die Wette zu schillern, malte sich so viel Rouge auf die Backen, als müsse sie eine ausgefallene Verkehrsampel ersetzen, und krönte die Schminkerei mit wahlweise knallrot, giftgrün oder tiefschwarz lackierten Fingernägeln. Seltsamerweise färbte sie ihre Haare nicht – die blieben grau. Wann immer ich bei meinen häufigen, schließlich täglichen Besuchen in ihrem sehr kleinen, aber gut besuchten Kiosk auftauchte, steckte Mimi Kaminski mir etwas zu, einen Schokoriegel oder eine

Stulle, und sie freute sich wie verrückt, wenn ich ihr dankbar einen feuchten Schmatzer auf die Wange drückte. Sie küsste mich dann zurück, so dass ich jeden Tag mit einer anderen Farbe im Gesicht nach Hause kam: Orange, Rot, Violett, die ganze Palette, mal transparent, mal deckend; ich trug eine ewige Faschingsmaske, die mir von meiner Mutter selten genug vor dem Zubettgehen aus dem Gesicht gewaschen und so am nächsten Tag einfach durch eine weitere Farbe ergänzt wurde.

Anfangs hielt ich mich bei Mimi Kaminski weitgehend im Hinterzimmer auf, immer in Erwartung irgendeiner Leckerei, manchmal bloß als faszinierter Zuschauer, wenn sie sich routiniert eine Insulinspritze setzte. Später erkundete ich ihren Laden, und so stieß ich eines Tages auf die Comics. Kolumbus kann bei seinem ersten Blick auf Amerika nur ansatzweise empfunden haben, was mich in diesem Moment berührte. Die Comics waren für mich mehr als die Entdeckung eines neuen Kontinents: Sie öffneten mir die Tür in eine völlig neue, völlig berauschende Welt. Muskelbepackte Superhelden, außen stahlhart, innen jedoch weich, verletzlich und einsam, die sich nicht verarschen ließen, die für jedes Problem eine Lösung fanden, waren, wie ich rasch feststellte, genau mein Ding. Ich verschlang jede Geschichte, egal, wie bescheuert sie war, und da ich nie die Seiten zu weit aufklappte, nie auch nur den geringsten Knick fabrizierte oder hässliche Fettflecke hinterließ, ließ Mimi Kaminski mich gutmütig gewähren. Sooft ich konnte – und das hieß: sooft ich wollte –, saß ich nun vor dem Comicregal. Ganz nebenbei lernte ich so Mimis Stammkunden anhand ihrer Beine zu unterscheiden.

Eine Comicserie hatte es mir besonders angetan, die Geschichten um einen Typen, der eines Verbrechens verdächtigt wurde, das er nicht begangen hatte. Gnadenlos wurde Jagd auf ihn gemacht, während er gleichzeitig versuchte, die wirklichen Täter zu stellen. Die waren natürlich auch hinter ihm her, so dass er es ständig abkriegte und sich jeden Tag etwas Neues einfallen lassen musste, um zu überleben. Er war kein echter Superheld mit übermenschlichen Fähigkeiten, sondern er musste sich voll und ganz auf sein Köpfchen verlassen. Ich hatte das Gefühl, dass niemand sonst mich so gut verstand wie er. Ich versuchte seine trockenen Monologe zu imitieren, seine kämpferischen Gesten, seine traurige Mimik. Er war ich und ich war er, wir waren Brüder im Geiste, wenn man das so sagen kann. Seine Geschichte war meine Geschichte.

An besagtem Nachmittag nun, als Mimi Kaminski mir den Schokoriegel überreichen wollte, hing ich wie üblich über den Comics, war jedoch nur halbherzig bei der Sache. Ich blätterte abwesend durch die knallbunten Seiten, denn ich musste unentwegt an Hermann Kaltenbrunner denken, den ich am Vormittag mit einem Stuhl angegriffen hatte. Kaltenbrunner war ein geborener Folterknecht von einem Mathematik- und Klassenlehrer. Wie ein gerissener Staatsanwalt konnte er sich in dein Vertrauen schleichen, nur um alles, was du von dir gabst, im nächsten Moment gegen dich zu verwenden. Beinahe jede Nacht träumte ich davon, wie Kaltenbrunner japsende Schüler durch einen undurchdringlichen Urwald jagte, sie dort mit gemeinen Fallen erlegte und sich anschließend die Zimmerwände mit den Schrumpfköpfen seiner Opfer schmückte.

Es war natürlich nicht das erste Mal gewesen, dass ich auf einen Lehrer losgegangen war. Für meine aus heiterem Himmel erfolgenden Wutausbrüche und Attacken war ich längst berüchtigt. Aber der heftige Angriff mit dem Stuhl hatte alles getoppt, zumal er zu meiner großen Befriedigung sehr erfolgreich verlaufen war. Nicht, dass ich den Kaltenbrunner tatsächlich erwischt hätte – ein Zehnjähriger ist nicht Herkules, ich konnte den dusseligen Stuhl kaum über den Kopf heben und er flog bestenfalls drei Meter weit. Aber Kaltenbrunner, der mit mir zugewandtem Rücken nichts ahnend vor der Tafel gestanden hatte, hatte sich im entscheidenden Moment umgedreht, war dem Geschoss instinktiv ausgewichen und dabei ausgeglitten. Drehung im Fallen, Sturz mit der Stirn gegen die Unterkante der Tafel, Platzwunde. Ordentlich Blut. Mordsmäßiges Geschrei. Kaltenbrunners Brüllen, seine Hände streckten sich nach mir aus.

Es war dieses Bild, das ich vor Augen hatte, als Mimi Kaminski sich schnaufend über mich beugte und fragte: »Ein Mars, Johannes?«

Und ich antwortete, abwesend und ohne aufzusehen: »Ich heiße nicht Johannes. Ich bin der Defender.«

Falls jemand sich fragen sollte, warum ich der Beschreibung Mimi Kaminskis bisher mehr Platz eingeräumt habe als einer Charakterisierung meiner Mutter, dann lautet meine Antwort, dass man im Leben eben Prioritäten setzen muss. Mimi Kaminski und ich adoptierten uns gegenseitig, in unserer schweigenden Zweisamkeit waren wir wie füreinander geschaffen. Meiner tatsächlichen Mutter war das nur recht. Heute sehe ich sie nur noch selten. Ich ertrage einfach ihre Nähe nicht. Wenn sie mich ansieht, dann mit einem halb neugierigen, halb desinteressierten Blick, als wäre ich ein Betriebsunfall, ein exotisches, aus dem Dschungel hervorgebrochenes Tier oder ein Fremdkörper, den sie sich soeben aus den Augen gerieben hat. Sie ist, wie sie es immer war, nur mit sich selbst beschäftigt, mit ihrem Herumgeheule, dass die Welt scheiße ist und eine Verschwörung internationaler Geheimdienste es auf sie abgesehen hat, damit, irgendwelchen Stoff zu organisieren, den sie mit ihren Freunden durchblasen kann, oder damit, Geld zur Beschaffung dieses Stoffs aufzutreiben.

Was Letzteres angeht, ist sie schon immer erstaunlich erfinderisch gewesen, und auf gewisse Weise bewundere ich sie sogar dafür. Ich kann das beurteilen, denn ich lebte noch bei ihr, als meine Mutter ihre erfolgreichsten Raubzüge unternahm. Sie ging nicht zu irgendwelchen Verwandten oder Freunden, um sich Kohle zu leihen oder sie anzuschnorren. Das kam nur selten vor, weil die ganze Mischpoke immerzu in derselben Klemme steckte wie sie selbst. Nein, ihre besten Coups landete meine Mutter in Supermärkten, wo sie entweder Lebensmittel und Alkohol für den Eigenbedarf klaute oder um das Zeug danach zu verhökern. So sparte sie die Kohle vom Sozialamt. Ich war ihr Compañero, und vermutlich kriegte ich genau deshalb lange Zeit das Klauen nicht aus der Wäsche. Ich wusste, dass es funktioniert. Ich war damit groß geworden. Sich sein Zeugs in Supermärkten zusammenzustehlen, gehörte für mich zum Normalsten von der Welt. Andere Leute gingen arbeiten, meine Mutter ging klauen. Das war *ihre* Arbeit, und sie erledigte sie gründlich und auf gewisse Weise auch pünktlich, nämlich auf den Punkt immer genau dann, wenn sie etwas brauchte.

Ich weiß nicht, wie sie es heute hält, aber damals gab es zwei Nummern, die meine Mutter kultiviert hatte. Bei der ersten war sie auf mich angewiesen, die zweite zog sie alleine durch. Als inzwischen geläuterter Mensch empfehle ich weder die eine noch die andere Methode zur Nachahmung, aber erwähnen muss ich sie dennoch, und sei es aus dem einfachen Grund, weil ich mich meiner Mutter nie näher, mich nie mehr von ihr geliebt gefühlt habe als bei unseren gemeinsamen Streifzügen oder kurz darauf, wenn wir in der Wohnung stolz unsere Beute auf dem Tisch ausbreiteten, um dann den Kühlschrank und die Regale damit zu füllen. Immer war etwas Besonderes dabei, eine Süßigkeit oder ein kleines Spielzeug, allein für mich bestimmt, das sie mir feierlich überreichte, wobei sie mich fest an sich drückte, mich fast erstickte unter dieser anfallsartigen, verwirrenden Zuwendung. Inzwischen weiß ich, dass das, was ich damals für Liebe hielt, nichts weiter war als eine mich zum Weitermachen anspornende Belohnung, denn bis zum nächsten Beutezug geriet ich schnell wieder in Vergessenheit. Die ersten Jahre meines Lebens umschwirrte ich meine Mutter wie ein hohl klagender, von ihr nicht wahrgenommener Geist.

Also, Methode eins: Du gehst in einen Laden, am besten in einen ausreichend großen Mantel mit extra eingenähten Innentaschen gekleidet, und sackst ein, was nicht niet- und nagelfest ist. Keine große Sache, im Prinzip die klassische Standardnummer. Aber um das Risiko zu minimieren, dabei irgendeinem Ladendetektiv in die Hände zu fallen, brachte meine Mutter mich ins Spiel. Klein Johannes hatte irgendwo im Markt für Aufsehen zu sorgen, was ihm gelang, indem er mit einer Armbewegung ganze Regale leer fegte, Dosenpyramiden umwarf oder – ein Höhepunkt meiner Komplizenlaufbahn – in die Gefriertruhe krabbelte, aus der heraus er wie ein durchgedrehter Eskimo im Schützengraben mit Fischstäbchen um sich zu werfen begann. Sobald die allgemeine Aufmerksamkeit auf mich gerichtet war, begann meine Mutter gnadenlos einzusacken. Zeit genug dazu hatte sie. Bis ich aufhörte Krawall zu machen, konnten gut und gerne zehn Minuten oder mehr ins Land gehen, die ich dank meiner zu Hause antrainierten Ausdauer im Brüllen mühelos überstand. Ich kriegte dabei nicht mal einen roten Kopf. Schließlich ließ ich mich von irgendeiner besorgten Verkäuferin (oder eben dem Ladendetektiv) ins Büro verfrachten und dort ausrufen: *Der kleine Johannes sucht seine Mutter!* Was einerseits eine ziemlich traurige Wahrheit war, mich andererseits aber tief beleidigte. Es klang, als hätte ich zu wenig Hirn, um zu wissen, dass verloren gegangene Mütter sich nicht zwischen tiefgefrorenen Heringen und Lammkoteletts verstecken. Nach den Ausrufen kam meine Mutter angekeucht, leicht gebeugt, weil der Mantel an ihr zog, seufzte ein tränenerersticktes *Gott sei Dank*, drückte ihr Bedauern angesichts des Vorfalls aus, und dann machten wir schleunigst die Biege.

Die weitaus coolere Nummer, ebenso einfach wie genial und ungleich lukrativer, war Methode zwei. Sie kam in Großmärkten zum Einsatz, wo palettenweise Elektroartikel verkauft wurden, und bedurfte einiger Vorbereitung. Ich glaube, aus genau diesem Grund hat meine Mutter Methode zwei ganz besonders geliebt: Sie gab ihr das Gefühl, wirklich etwas tun zu müssen für ihr Geld. Außerdem ging die Sache nicht ab, ohne dass zuvor einiges an Kohle investiert wurde, sie konnte sich also einreden, sie sei eine Art Geschäftsfrau.

Als Erstes brezelte sie sich auf. Sie duschte, machte sich die Haare, warf sich in todschicke Klamotten aus teuren Läden, die besser bewacht waren als Fort Knox und in denen an Klauen nicht zu denken war, und sprühte sich zum Abschluss ein dezentes Parfüm hinter die Ohren. Dann kam der Angriff: Mit dem Taxi ging es zum Supermarkt, wo sie sich im Eingang einen dieser großen Einkaufswagen schnappte. Sie rollte den Wagen, sagen wir mal, zu den fettesten Fernsehern und ließ sich so ein Teil von einem hilfsbereiten Verkäufer auf den Wagen hieven. Dann düste sie damit zur Kasse, und zwar ausnahmslos zu einer Kasse, die mit einem männlichen, am besten sehr jungen Kassierer besetzt war. Dort entspann sich dann etwa folgender Dialog:

»Entschuldigen Sie bitte, ich habe gestern diesen Fernseher hier gekauft und … nun ja, mein Mann ist mit der Wahl nicht ganz zufrieden. Oder besser gesagt: Ich hab den falschen erwischt.«

»Den falschen Mann?«

»Ha, ha! Den falschen Fernseher natürlich.«

»Sie möchten das Gerät also umtauschen?«

»Ganz recht.«

»Kein Problem, gnädige Frau. Dürfte ich bitte die Quittung sehen?«

»Die … ?«

»… Quittung. Den Beleg. Den Kassenzettel.«

»Oh, ich … o nein! Ich kleines dummes Schaf! Wie konnte ich bloß … Ich befürchte, den Beleg habe ich zu Hause vergessen.«

»Was machen wir denn jetzt? Ich befürchte, ohne Vorlage der Quittung darf ich nicht –«

»Natürlich nicht!«

»– so gerne ich Ihnen helfen würde, aber –«

»Nein, nein, lassen Sie nur, um Himmels willen! Selbstverständlich werde ich die Quittung holen, es ist nur so, dass … Hmm …«

»Ja?«

»Ich habe noch einen wichtigen geschäftlichen Termin wahrzunehmen, draußen wartet schon das Taxi, und diese Woche schaffe ich es bestimmt nicht … und in der Zwischenzeit haben wir keinen Fernseher im Haus, und mein Mann …«

»Verstehe. Ich wünschte, ich könnte Ihnen –«

»Ach, wissen Sie was, ich komme einfach nächste Woche wieder! Bis dahin tut dieser Apparat es auch.«

»Ich hätte Ihnen wirklich gern weitergeholfen, gnädige Frau, aber Sie müssen verstehen –«

»Es ist in Ordnung! Wirklich! Sie waren sehr freundlich. Mehr als freundlich!«

Und nach ein oder zwei Worten weiteren Abschiedsgeplänkels rollte meine Mutter den eben erworbenen Fernseher aus dem Markt, drückte dem vor der Tür wartenden Taxifahrer ein großzügiges Trinkgeld in die Hand und ließ ihn das Teil in den Kofferraum und, zu Hause angekommen, in die Dachwohnung im fünften Stock wuchten. Dort steckte sie sich eine Kippe an, telefonierte kurz, wartete dann seelenruhig auf einen ihrer Kifferfreunde, der die Kiste für sie verticken würde, und entfernte währenddessen den Nagellack mit nach Äther stinkenden, pinkfarbenen Watteballchen. Und nun ratet mal, wer die Dinger anschließend an die niedliche Rübe geworfen bekam?

Irgendwann nach der dritten Lehrerkonferenz und zwei wiederholten Schuljahren beschloss die inzwischen fünfzehnjährige Halbvollwaise, die Sache mit der Ausbildung endgültig zu schmeißen und gleichzeitig von zu Hause auszuziehen. Das Abenteuer Straße lockte. Die knapp sechs Monate, in denen ich mich mit Schnorren und Klauen über Wasser hielt, waren allerdings kein bisschen romantisch. Es war einfach nur eine verdammt harte Zeit, über die ich mich nicht weiter ausbreiten will. Jeder kann sich, falls er wirklich scharf darauf ist, ein Bild vom Leben auf der Straße machen. Er muss dazu nur seinen Hintern vor den nächsten Supermarkt oder zum nächstgrößeren Bahnhof bewegen. Schaut euch die Kids an, die dort abhängen, schaut ihnen tief, sehr tief in die Augen – wenn ihr es könnt, wenn ihr es ertragt, wenn sie euch lassen – und dann wisst ihr, dass keine Geschichte der Welt in Worte fassen könnte, wie unendlich beschissen diese armen Schweine dran sind. Lassen wir es deshalb hiermit bewenden: Ich war der Defender, der Typ mit der eingebauten Überlebensgarantie. Nichts und niemand kriegte mich so schnell klein. Ich hatte mein Auskommen, ich hatte diverse Bleiben. Und ich fand Freunde, die keine mehr waren, sobald die Not sie dazu verführte, mich zu bescheißen. Übel nahm ich das keinem, die Not ist ein schrecklicher Motor. Ich kultivierte mein freches Mundwerk, aber ich nahm keine Drogen, ich trank nicht, ich ging nicht für die schnelle Mark auf den Strich. Ich schätze, alles in allem war ich der spießigste Penner, den man sich vorstellen kann. Warum? Keine Ahnung. Vermutlich, weil ich um nichts auf der Welt so enden wollte wie meine Mutter.

Mimi Kaminski war mein Rettungsanker. Mindestens einmal pro Woche besuchte ich sie, zum einen wegen der donnerstags neu eintreffenden Comics, zum anderen, weil ich an ihr hing. Mimi strahlte eine ganz uneigennützige Liebe aus, sie war das, was man früher wohl eine rechtschaffene Frau genannt hätte, wenn auch mit einem ziemlich schwarzweiß eingefärbten Weltbild. Dieses Weltbild beschränkte ihren Horizont – einer der Gründe, warum ich ihr nie erzählte, was für ein Leben ich führte. Sie glaubte bis zum Schluss, dass ich in der Dachwohnung im Haus um die Ecke wohnte und täglich brav zur Schule ging. Für alles andere hätte ihr das Verständnis gefehlt. Wenn sie, was selten genug der Fall war, sich nach meiner Mutter erkundigte oder mich danach fragte, wie es mir ging, was für eine Ausbildung ich nach der Schule im Sinn hatte, wie ich gedachte mein Leben zu gestalten, dann saugte ich mir irgendwas aus den Fingern. Ich wollte sie nicht enttäuschen. Der Defender schützte diejenigen, die er liebte. Der einzige Mensch, den ich liebte, war Mimi Kaminski, und deshalb log ich sie an.

Auf dem Höhepunkt meiner fragwürdigen Laufbahn – soll heißen: als ich begann, mich in meinem Straßenleben gemütlich einzurichten und zum ersten Mal nach der Flasche schielte, weil jede Nacht zu kalt und zu dunkel wurde, auch eine mondhelle Sommernacht, was mich zu der Erkenntnis trieb, dass die Dunkelheit und die Kälte *in mir drin waren* –, zu diesem Zeitpunkt also lernte ich Eva kennen. Und kam damit, ohne es zu ahnen, meiner Rettung ein Stück näher, wenn auch über einen recht merkwürdigen Umweg.

Eva kam aus … wie sagt man das? Aus guten Verhältnissen? Ein solches Etikett klingt altmodisch, aber es ist was dran. Ihre Eltern waren nicht unbedingt das, was man *stinkreich* nennt, aber eine diskrete Ahnung von *sehr viel* Geld war immer vorhanden; sie umwehte Eva wie eines der Parfüms, das meine Mutter sich früher kurz vor ihren Raubzügen hinter die Ohren getupft hatte. Ihr Vater verdiente als Unternehmensleiter einer Walzfabrik so viel Kohle, dass die Madame des Hauses über unbegrenzte Freizeit verfügte und ihr Selbstwertgefühl aus der Arbeit für karitative Einrichtungen bezog. Das war durchaus gut gemeint, und ist es wohl noch. Ich habe Evas Mutter nie richtig kennen gelernt, deshalb werde ich ihr nicht unterstellen, sie ginge so einer Art Reiche-Leute-Hobby nach. Außerdem gibt es Schlimmeres – reiche Tussen, die den lieben langen Tag nichts Besseres zu tun haben, als gelangweilt von einem Schickimicki-

Laden zum nächsten zu ziehen, die sich drei Liebhaber gleichzeitig halten und deren einziges Problem ist, ob sie es in ihrem neuen Pelzmantel bis zur Opernpremiere schaffen, ohne dass ihnen unterwegs ein wild gewordener Tierschützer das teure Stück mit einem Farbbeutel versaut.

So lernte ich Eva kennen: Als ihre ziemlich gut aussehende Mutter mir und ein paar anderen Typen, die vor dem Hauptbahnhof herumlungerten, zu erklären versuchte, dass wir durchaus nicht auf der Straße leben und Drogen nehmen müssten, wenn wir nur den Arsch hoch genug kriegen und Interesse dafür aufbringen würden, an unserer Lage etwas zu ändern.

»Ich nehm keine Drogen«, sagte ich genervt.

»Noch nicht«, war die knappe Antwort.

Es machte mich verdammt nervös, dass diese beiden kleinen, wie zwei Messerstiche abgelieferten Worte so klangen, als wüsste diese Frau sehr genau, wovon sie redete. Mein Gott, eigentlich wusste ich es ja auch selbst. Aber brauchte ich so eine dahergelaufene Sozialtante, die es mir unter die Nase rieb?

»Ich *würde* welche nehmen«, sagte ein Typ neben mir, der die Hände in den Jackenärmeln versteckte, »aber ich hab keine Händchen!«

»Offensichtlich auch kein Gehirnchen«, verpasste die Frau ihm eine Retourkutsche, und in diesem Stil ging es noch ein wenig hin und her, es gab einen witzigen Schlagabtausch, den wir deshalb bereitwillig mitmachten, weil uns die Vorstellung gefiel, dass jemand sich wirklich um uns sorgte.

Dann kam Eva: sehr schlank, lange blonde Haare, blaue Augen und ein Gesicht, so vollendet wie das einer griechischen Statue. Nicht, dass sie irgendwas tat – oder tun musste –, um unsere Blicke auf sich zu ziehen. Sie kam einfach hinter einem abfahrenden Bus hervorgetanzt, tippte ihrer Mutter von hinten auf die Schulter und genoss, obwohl oder gerade weil sie uns alle wie Luft behandelte, ab diesem Moment unsere ungeteilte Aufmerksamkeit.

»Mama?«

»Was?«, wandte ihre Mutter sich unwillig um.

»Ich brauche neue Turnschuhe.«

»Nein, brauchst du nicht.«

»Sie sind im Angebot. Direkt um die Ecke.« Das Mädchen nannte den Namen eines Ladens. »Und billig noch dazu! Nur zweihundert.«

»Das ist nicht der richtige Zeitpunkt«, sagte ihre Mutter. Und fügte nach einem kurzen Seitenblick auf uns kaum hörbar hinzu: »Und auch nicht besonders sensibel.«

Die bildschöne Statue hob den Kopf, senkte ihn wieder und wartete geduldig. Sie grinste in meine Richtung. Ich grinste zurück. Funkenflug, ich konnte es kaum glauben. Schließlich verdrehte ihre Mutter die Augen, stotterte eine Entschuldigung in unsere Richtung, kramte ihre Börse aus der Handtasche, und wir beobachteten fasziniert, wie sie dem Töchterchen mal eben so die geforderten zwei Blauen in die Hand drückte. Töchterchen verschwand, Mama wandte sich uns wieder zu: »So, wo waren wir stehen geblieben?«

»Sie wollten uns dasselbe geben«, sagte Wolle. Wolle war ein netter Kerl, der aller Welt dreimal täglich erzählte, dass er am nächsten Tag nach Südamerika auswandern würde. Bis dahin campierten er und zwanzig andere Typen, ich eingeschlossen, in einer stillgelegten Fabrik am Stadtrand, die demnächst abgerissen werden sollte. Wir lachten. Die Frau lachte mit, aber ihre Handtasche blieb verschlossen.

Sie stand voll auf Hilfe zur Selbsthilfe, wie sie uns jetzt erklärte. Wer auf Watte landet, wenn er auf die Fresse fliegt, der wird sich auch ein nächstes Mal wieder fallen lassen. Und so weiter …

Zweimal ›Hilfe‹ in einem Satz kam mir dann doch zu verdächtig vor. Also stand ich wortlos auf, trabte in Richtung Einkaufspassage und verhalf mir im nächsten Supermarkt zu ein paar Müsliriegeln. Als ich wieder draußen war, fiel mir der Name des Ladens ein, den die Statue genannt hatte. Ich stellte mich vor den Eingang und wartete. Es dauerte nur etwa zehn Minuten, bis das Mädchen auf die Straße trat. Sie trug nagelneue Turnschuhe, die alten musste sie gleich im Laden gelassen haben. Ich hob eine Hand und winkte. Sie blinzelte kurz, erkannte mich wieder, lachte und kam auf mich zu, mit ausgestreckter Hand.

»Lust auf eine Cola?«, sagte sie.

»Wie heißt du?«

»Eva.«

»Klar.«

Rückblickend würde ich sagen, es war Liebe auf den ersten Blick. Zumindest meinerseits. Gleichzeitig würde ich auch behaupten, dass, als ich mich nach ihrem Namen erkundigte, dies die einzige Frage war, die Eva mir je wahrheitsgemäß beantwortete.

Ganz sicher bin ich allerdings nicht.

Eva war eine geborene Lügnerin. Ihre Mutter habe ich nur dieses eine Mal, an jenem Tag vor dem Bahnhof, zu Gesicht bekommen; ihren Vater lernte ich überhaupt nicht kennen. Was es über die beiden zu wissen gab, erfuhr ich von Eva, und anfangs glaubte ich ihr jedes Wort. Welchen Grund hätte sie auch haben sollen, mich anzulügen? Es gab keinen, doch sie tat es trotzdem. Es war pathologisch. Sie konnte einfach nicht anders. Eva hatte sich eine eigene Welt zurechtgezimmert, die von aufeinander getürmten, miteinander verschraubten, sich gegenseitig stützenden Lügen und Unwahrheiten in den Angeln gehalten wurde. Sie konnte es sich nicht erlauben, die Wahrheit zu sagen, denn damit wäre das ganze barrikadenhafte Konstrukt ins Wanken geraten. Ich habe nie verstanden, was genau bei einem solchen Einsturz das Problem gewesen wäre, denn Evas Lügen waren völlig harmlos. Eigentlich sollte man sie als Schwindeleien bezeichnen. Nur ihre Unüberschaubarkeit, ihre pure Menge, gab ihnen Gewicht. Mehr als einmal versuchte ich die Sprache auf diese Sache zu bringen, mit dem stets gleichen Ergebnis, dass Eva mich anfuhr, ich sei nicht ihr verdammter Therapeut und solle einfach die Klappe halten.

Ich wurde erst spät skeptisch. Nicht, dass Eva mich angelogen hatte, was den gesellschaftlichen Status ihrer Eltern anging. Sie waren reich, sie waren angesehen. Da ich keine Bleibe hatte, zumindest keine vorzeigbare, trafen wir uns meistens bei ihr zu Hause, wenn Papa zum Geldscheffeln und Mama in Sachen arme Leute unterwegs waren. Es war eine bombastische Villa, so groß, dass ich mich bei meinem ersten Besuch hoffnungslos im Badezimmer verirrte. Nein, Evas *kleine Schwäche*, wie sie ihr ständiges Lügen mir gegenüber schließlich nannte, widerwillig und selbstbewusst zugleich, drückte sich eher in völlig wahllosen Behauptungen aus: Sie kenne irgendwelche Popstars oder wichtige Leute vom Film und würde demnächst als Model gecastet, sie sei schon mindestens dreimal quer über den Globus gereist – Namen von Ländern und Städten konnte sie herunterrasseln, dass einem schwindelig dabei wurde – oder sie habe heute dieses oder jenes Großartige erlebt, was ihr zu denken gebe.

Tatsächlich gab es für Eva eigentlich nur einen Gedanken, und der drehte sich von morgens bis abends darum, in todschicken, sündhaft teuren Klamotten eine im doppelten Sinne gute Figur zu machen. Sie schleppte mich in Läden mit Fußböden aus Marmor, die dermaßen glänzten, dass ich vermutete, das Personal würde sie abends persönlich sauber lecken. Sie zeigte mir Tops, die kleiner waren als die daran baumelnden Designeretiketten – Preisschildchen existierten gar nicht erst, vermutlich mit Rücksicht auf die Nerven Normalsterblicher, die sich hierher verirrten. Eva war so scharf auf alles, was mit Kleidung, Schuhen und ihrem guten Aussehen zu tun hatte, dass es fast an Besessenheit grenzte. Unter ihrer offen zur Schau getragenen Schönheit schimmerte, leuchtete, funkelte eine kaum weniger offensichtliche, allumfassende Gier nach Beachtung und Bewunderung und es machte mich höllisch eifersüchtig, wie sehr sie darauf aus war, mit Typen, gegen die ich nicht einmal entfernt anstinken konnte, zu flirten. Ihr Herz, versicherte sie dabei immer wieder, gehöre nur mir. Das war ein Satz, an den ich allein deshalb lange glaubte, weil ich daran glauben wollte. Dennoch begriff ich relativ rasch, nicht zuletzt dank der misstrauischen Einflüsterungen des Defenders, dass Eva in mir in Wirklichkeit bloß eine Art exotisches Haustier sah – was mich, neben allem mit dieser Feststellung einhergehenden Schrecken, auch noch fatal an meine Mutter erinnerte – und dass sie es genoss, wenn hinter den Pupillen eben jener Typen, die ihr in rückhaltloser Bewunderung schöne Augen machten, das große Fragezeichen auftauchte, sobald sie *mich* sahen, das dreckige kleine Anhängsel aus der Gosse, mit dem diese Traumfrau hemmungslos herumknutschte: Ich steigerte Evas Marktwert. Der Gerechtigkeit halber muss ich hinzufügen, dass die Sache umgekehrt kaum besser gelagert war. Ich hatte beschlossen, dem Schicksal keine Fragen zu stellen und einfach zu genießen, mit Eva an meiner Seite von irgendwelchen reichen Muttersöhnchen bewundert zu werden. Es machte mich an. Es machte, dass ich mich wie *etwas Besseres* fühlte. Und so war jeder von uns die Trophäe des anderen und für eine Weile ergänzten wir uns glänzend.

Irgendwann schleppte ich Eva ins Labyrinth der alten Fabrik. Das schönste Bild, das ich mir von ihr bewahrt habe, ist das von ihrer völligen Deplaciertheit zwischen dem bröselnden, von Pflanzen überwucherten Mauerwerk und den rostenden Überresten ausgeweideter, vergessener Maschinen. Durch die Löcher in dem vom Einsturz bedrohten Dach fiel in breiten Strahlen helles Licht. Wann immer Eva einen dieser Strahlen durchschritt, sah sie überirdisch aus, wie ein Engel oder eine Madonna, und war doch, wie mir in einem dieser Momente schlagartig bewusst wurde, nichts weniger als das. Das Einzige, was uns verband, war die verwirrte Wahrnehmung unserer Gegensätzlichkeit durch andere.

»Was für ein Dreckloch«, schnaubte sie, nachdem ich ihr meine Matratze, die zerballerten Sitzgelegenheiten und das, was bei den Jungs und mir als Küche durchging, gezeigt hatte. »Kannst du nicht wieder bei deiner Mutter einziehen?«

»Das ist keine Frage des Könnens, sondern des Wollens.«

Sie zuckte nur die Achseln, sah mich an aus ihren blauen Augen und sagte: »Entweder wir sehen uns das nächste Mal dort oder überhaupt nicht mehr.«

Es war ein erschreckendes Ultimatum. Also packte ich schleunigst mein bisschen Krempel und zog zurück nach

Hause. Ich kam abends an und musste klingeln, der Schlüssel war mir längst abhanden gekommen. Meine Mutter öffnete die Tür, musterte mich kein bisschen überrascht und fragte: »Wo warst du?«

»Unterwegs.«

»Bleibst du hier?«

»Dachte so …«

Sie schürzte die Lippen, überlegte kurz, dann ließ sie mich eintreten. Die Bude roch nach Shit. Von der Küche ausgehend zog sich eine Abfallspur durch den Flur bis ins Wohnzimmer. Die Gardinen waren vorgezogen. Ein halb nackter Schatten drückte sich auf dem Sofa herum. In der Glotze lief irgendein Krimi, der Ton war abgestellt.

»Falls du Hunger hast, musst du dir was besorgen«, sagte meine Mutter.

Ich war zu Hause.

Ich blieb genau eine Nacht.

Tags darauf ließ ich meine Mutter, den flackernden Fernseher und ihren neuesten Lover hinter mir. Kann sein, dass bis heute niemand bemerkt hat, dass ich wieder ausgezogen bin.

Jedenfalls marschierte ich zurück in die Fabrik, wo ich mir von Wolle erzählen ließ, wie wunderbar sein von süßem Nichtstun erfülltes Leben in Südamerika sein würde.

»Fehlt nur noch die passende Frau, die so was mitmacht«, sagte er. »Eine, die an dich glaubt.« Er wedelte mir mit einer alten Zeitung unter der Nase herum. »Lies mal.«

Irgendein durchgeknallter Typ hatte im vergangenen Winter seine Freundin mit Waffengewalt aus der Psychiatrie befreit. Der Bruder des Mädchens hatte ihm dabei geholfen, er war der Einzige, den die Bullen erwischt hatten. Der Typ und sein Mädchen waren seitdem auf der Flucht. Sie hatte eingesessen, weil sie mit einer Axt auf einen Kerl losgegangen war, der sie vergewaltigen wollte.

»Hammer, oder?«, sagte Wolle begeistert.

Ich zuckte die Achseln. »Du glaubst doch so einen Scheiß nicht, oder?«

»Warum nicht?«, schnappte er beleidigt.

»Weil es so was nicht gibt. Die von der Zeitung denken sich das bloß aus.«

Wolle schüttelte den Kopf. »Mann, Defender, du müsstest es besser wissen. Du müsstest es echt besser wissen!« Er nahm mir die Zeitung ab, riss den Artikel raus, faltete ihn sorgfältig zusammen und steckte ihn in die Innentasche seiner abgewetzten Jeansjacke. »Da draußen gibt es alles, Alter, echt alles! Keine Geschichte, die nicht schon passiert wäre.«

Ich grinste. »Dann liegen also tausend Typen wie du an irgendeinem Strand in Südamerika? Mit der passenden Frau an ihrer Seite?«

»Worauf du deinen Arsch verwetten kannst!« Er sah mich nachdenklich an. »Du glaubst nicht an Träume, oder? Hey, Defender, glaubst du an Träume?«

Am Abend desselben Tages sah ich Eva wieder. Wie so vieles war die Drohung, mich zu verlassen, nicht ernst gemeint gewesen.

Zwei Monate später, etwa Mitte November, quatschte mich ein Mann auf der Straße an, unweit des Supermarkts, in dem er mich beim Klauen beobachtet hatte. Es ging auf den Winter zu, in den Straßen wurde es langsam empfindlich kalt – von der Fabrik ganz zu schweigen. Ein ungnädiger Wind riss das letzte rostfarbene Laub von den Bäumen, was mich mit unendlich schlechter Laune erfüllte. Die

Stadt ist unerträglich, wenn ihr das Grün fehlt. Die Luft trug den Geschmack von Schnee, doch ich konnte mich nicht daran erinnern, jemals wirklichen Schnee gesehen zu haben. Schnee, der liegen blieb, meine ich, der nicht sofort zu grauem Matsch wird, den dir vorbeifahrende Autos an die Klamotten spritzen. Weißer, unter der Wintersonne glitzernder Schnee, der dich wenigstens durch seinen Anblick dafür entschädigt, dass du dir den Arsch abfrierst.

In den Straßen herrschte die pure Hetze. Menschen scheuchten durch die Läden. Ich stand auf dem Gehsteig, die Taschen voller Müsliriegel, und sah mir das hektische Treiben an, als jemand mir auf die Schulter tippte. Ich zuckte zusammen, schloss kurz die Augen, drehte mich um.

Der Mann war alt, älter als Mimi Kaminski, aber fast ebenso dick. Er sah ein wenig zerzottelt aus, so dass ich ihn im ersten Augenblick für einen Penner hielt, der mich anpumpen wollte. Aber Penner wedeln einem nicht mit Geldscheinen unter der Nase herum.

»Hier. Zwanzig Mark.«

»Zieh ab, du alte Sau!«, zischte ich sofort. »Ich bin die falsche Adresse!« Für zwanzig Mark würde ihm, wenn er Glück hätte, ein Stricher bestenfalls einen runterholen.

Der alte Mann grinste. Es war ein offenes Grinsen, so völlig unverstellt, dass es mich überrumpelte. Dennoch machte es ihn in meinen Augen nur umso verdächtiger. »Sehe ich aus wie jemand«, sagte er mit einer Stimme, so trocken wie Löschpapier, »der nach einer richtigen Adresse sucht?«

»Mir scheißegal, wie du aussiehst.« Ich betrachtete den Geldschein. Ich konnte ihn dem Mann aus der Hand reißen und damit türmen; der Typ war dick und alt, er sah nicht so aus, als würde er auch nur hundert Meter ohne Herzversagen schaffen, wenn er mir nachrannte. Ich schätzte ihn auf irgendwo zwischen Ende sechzig und Anfang siebzig.

»Wie wäre es«, schlug er vor, »wenn du das Geld einfach annimmst und dir davon etwas kaufst?«

»Was?«

Er zuckte die Achseln. »Deine Sache. Etwas zu essen, nehme ich an.«

»Ich meine: Was? Was soll der Scheiß? Willst du mich verarschen?«

»Nein. Ich will, dass du einen Tag lang nicht klauen musst.«

Scheiße, er hatte mich also im Markt beobachtet. Und mich nicht verpfiffen, obwohl nichts leichter gewesen wäre als das. Warum hatte er es nicht getan?

Offenbar stand mir die Frage im Gesicht, denn der Mann sagte: »Weil du so aussiehst, als ... nun, sagen wir mal, du siehst wie jemand aus, der es sich abgewöhnen könnte.«

»Du meinst das Klauen«, sagte ich.

Er nickte.

Der Defender wollte ihm eine volle Breitseite an Herablassung verpassen. Stattdessen musste ich lachen. »Mann, du hast einen Vollschaden! Was geht dich das an?«

Er hob die buschigen Augenbrauen. »Oh, das will ich dir sagen. Hast du gewusst, dass auf die Preise der Waren in Supermärkten ein Aufschlag von etwa drei Prozent gerechnet ist, um finanzielle Verluste durch Diebstahl schon im Vorfeld auszugleichen?«

»Und? Was interessiert das einen Typen wie dich?«

Jetzt war es an ihm zu lachen. »Eine Menge. Es bedeutet nämlich, dass ich für Typen *wie dich*«, sein linker Zeigefinger zuckte erstaunlich schnell auf mich zu, »bezahle, und zwar jedes Mal, wenn ich an der Kasse mein Portemonnaie zücke. Drei Prozent. Weißt du, was in einem Jahr dabei zusammenkommt?«

»Kommt drauf an, wie viel Kohle du pro Jahr im Supermarkt lässt, würde ich sagen.«

»Etwa viereinhalbtausend Mark«, sagte er wie aus der Pistole geschossen.

»Dann sind das hundertfünfunddreißig Mäuse«, antwortete ich, mindestens genauso schnell. Ich zeigte auf die zwanzig Mark und grinste. Die Sache begann mir wider Erwarten Spaß zu machen. »Fehlen also hundertfünfzehn.«

»Dein Humor überrascht mich ebenso sehr wie deine Rechenkünste.«

»Ich war immer gut im Rechnen.«

»Zweifellos. Bevor sie dich von der Schule geworfen haben, nehme ich an.«

»Genau.«

Er fröstelte, zog die Schultern hoch, drehte die Hand um, in der er den Geldschein hielt, und sah auf seine Armbanduhr. »Ich habe noch etwas Zeit und es ist empfindlich kalt. Darf ich dich zu einem Kaffee einladen?«

»Nein.«

»Zu schade.«

Ohne ein weiteres Wort drückte er mir das Geld zwischen die Finger, drehte sich um und ging. Ich starrte kurz auf den Zwanzigmarkschein in meiner Hand, dann auf die leicht gebeugte, davoneilende Gestalt und rief ihm nach: »Hey, ich brauch deine Kohle nicht!«

Was war in mich gefahren? Ich musste völlig bekloppt sein, zwanzig Mark einfach so in den Wind zu schießen.

Er blieb abrupt stehen und drehte sich um, einige Meter von mir entfernt. »Nun, ich auch nicht.« Seine linke Hand vollzog eine wegwerfende Geste. »Wirklich nicht.«

»Okay.« Ich nickte. »Dann gehen wir doch einen Kaffee trinken!«, hörte ich mich rufen. »Aber auf meine Rechnung!«

»Dankend angenommen«, antwortete er. Ein paar Leute, die Gesichter halb verborgen hinter hochgeklappten Mantelkragen, hatten sich im Vorbeigehen neugierig umgedreht. Der alte Mann beachtete sie nicht. Vielleicht wäre alles anders gekommen, wenn er angesichts meines hirnrissigen Vorschlags in diesem Moment gegrinst, wenn er mir das Gefühl gegeben hätte, meine Einladung zum Kaffee, den er selbst finanziert hatte, sei nicht mehr als ein guter Witz. Aber er grinste nicht. Stattdessen blickte er sich suchend um und zeigte in Richtung der nächsten Seitenstraße. »Ich kenne da ein Café, das recht gemütlich ist. Und warm vor allen Dingen. Einverstanden?«

»Einverstanden.«

Wir mussten über die Hauptstraße. Die Fußgängerampel war auf Rot geschaltet, weit und breit kein Auto in Sicht. Der Alte stiefelte los, ich blieb stehen. Mitten auf der Straße drehte er sich um. »Wo bleibst du?«

»Es ist rot.«

Er begann zu lachen. Er lachte, mitten auf der Straße, und hörte gar nicht mehr damit auf. Die Ampel sprang auf Grün. Mit ein paar Schritten war ich bei ihm. »Was soll der Scheiß?«

»Entschuldige.« Wir gingen gemeinsam weiter. »Aber da klaust du im Markt, was das Zeug hält, und an einer roten Ampel bleibst du stehen!«

Ich zuckte die Achseln, ein wenig hilflos, und murmelte

irgendwas von wegen, jemand müsse schließlich an die Kinder denken.

Zehn Minuten später saßen wir uns in dem belebten Café schweigend gegenüber, jeder vor einer dampfenden Tasse Kaffee. Er musterte mich. Was sah er? Ein Gesicht, das seit Tagen keine Seife, Haare, die seit einer Woche kein Shampoo gesehen hatten. Schmutzige Hände mit schwarzen Fingernägeln, die sich Wärme suchend um die Kaffeetasse klammerten. Der Defender hielt der Musterung stand, aber innerlich bereute ich bereits, dem Mann gefolgt zu sein.

»Darf ich dich etwas fragen?«, sagte er endlich.

»Nämlich?«

»Bist du glücklich?«

Zack! Damit hatte ich nicht gerechnet. Er sah mich über den Tisch hinweg direkt an, mit einer so brennenden Aufmerksamkeit, dass ich schließlich die Augen senkte. Ich weiß bis heute nicht, wie er das bewerkstelligte, aber ich kapitulierte, wenn auch nur für einen Moment, vor dieser aus seinem Blick sprechenden grundlegenden Offenheit, die mir schon vor dem Supermarkt aufgefallen war. Vor dir sitzt jemand, sagte dieser Blick, dem du vertrauen kannst. Jemand, dem du nicht dasselbe vormachen kannst wie dir selbst.

»Scheißunglücklich«, sagte ich endlich.

Ich wartete darauf, dass er weitersprach, aber er nickte nur und trank einen Schluck Kaffee. In seine Augen, die noch eben scharf auf mich fokussiert gewesen waren, trat ein abwesender Ausdruck. Für eine Weile schien er in sich hineinzulauschen, nickte dann erneut, sah mich wieder an. »Ich möchte dir einen Vorschlag machen.«

Diesmal schwieg ich.

»Du kannst für mich arbeiten. Wenn du willst, kannst du

auch bei mir wohnen – eigenes Zimmer unter dem Dach, alles vorhanden, sogar ein Bad. Eingang durchs Treppenhaus, eigener Schlüssel.« Er grinste. »Nur für den Fall, dass du immer noch glaubst, ich hätte es auf dich abgesehen.«

»Was ist das für eine Arbeit?«

Ich konnte es nicht fassen, mich selbst diese Worte sprechen zu hören. Ich hätte diesen offensichtlich völlig durchgeknallten Typen einfach hier im Café sitzen lassen und türmen sollen. All meine durch jahrelanges Misstrauen genährten Instinkte schrien danach. An der Sache musste etwas faul sein.

»Oh, es gibt ausreichend zu tun«, antwortete er. »Ich habe einen großen Garten. Und eine Bibliothek. In beide müsste etwas Ordnung gebracht werden.«

»Warum machst du das nicht selbst? Als Rentner hast du doch genug Zeit, oder?«

»Für Gartenarbeit bin ich zu verknöchert. Ansonsten ist der Rentner emeritierter Professor und schreibt an einem Buch.«

»Ach so.« Ich glaube, ich schaffte es, mich von dem Fremdwort nicht berührt und von seinem Beruf nicht beeindruckt zu zeigen. »Okay, wenn ich es mache … Was kommt dann dabei rum?«

»Kost und Logis frei, zusätzlich Abrechnung nach Arbeitsstunden«, kam wie aus der Pistole geschossen die Antwort. »Du wirst damit auskommen.«

Ich dachte an Eva. Wie es sein würde, ihr ein Geschenk zu machen, gekauft von eigenem, selbst verdientem Geld, etwas, das für sie angemessen war und das sie mehr zu schätzen wissen würde als geklaute Müsliriegel. Ich dachte daran, dass ich von meinem derzeitigen Leben die Schnauze gestrichen voll hatte. Dass jeder Gedanke, irgendwann auf die Beine zu kommen – eine eigene Wohnung zu finden, ein eigenes warmes Bett unter dem Hintern zu haben, ein Leben zu führen, von dem wir Jungs in der Fabrik vorgaben es zu verachten, obwohl es nichts gab, was wir mehr wollten –, mich mit einer Sehnsucht erfüllte, die ich nicht einmal in Worte fassen konnte. Und dass die Vorstellung, schließlich so zu enden wie meine Mutter, abhängig von Sozialhilfe, als jammerndes Häufchen Elend, das nicht gelernt hatte, für sich selbst Verantwortung zu übernehmen, mehr war, als ich ertragen konnte und wollte.

»Okay«, stimmte ich vorsichtig zu. »Schätze, ein Versuch könnte nicht schaden.«

Mein Gegenüber nickte zufrieden. »Sehr vernünftig.«

»Ich sagte ›könnte‹.«

»Das habe ich gehört. Ich bin durchaus in der Lage, einen Konjunktiv zu erkennen.«

Was auch immer das sein soll, dachte ich und fügte laut hinzu: »Aber eins sag ich dir: Geh mir an die Wäsche, und ich mach dich alle!«

Der Professor schüttelte amüsiert den Kopf. »Was ist das bloß? Eine fixe Idee von dir? Bist du sicher, dass mit dir alles in Ordnung ist?«

»Die Frage könnte ich auch stellen, oder?«

»Fair genug. Und wir würden beide dieselbe Antwort geben, nehme ich an.« Er griff in die Innentasche seines Mantels und zog eine Karte hervor. »Meine Adresse.«

Ich nahm die Karte, ohne einen Blick darauf zu werfen, und schob sie mir in die Jackentasche. Dann winkte ich großmännisch nach der Bedienung, die mich schon beim Hereinkommen mit einem Blick gemustert hatte, als wäre ich ein entlaufener Kettensträfling.

Vor dem Café hielt der Mann mir die rechte Hand entgegen. »Wir sehen uns also … möglicherweise.«

»Ja, kann sein. Weiß noch nicht.« Ich wartete darauf, dass er die Hand wieder sinken ließ. Er tat mir den Gefallen nicht. »Also, jedenfalls danke für den Kaffee.«

»Den hast du bezahlt.« Da war er wieder, dieser offene, mich nervös machenden Blick. »Wie heißt du?«

»Defender.«

Er ließ nicht mal andeutungsweise durchblicken, ob mein selbst gewählter Name ihn überraschte oder befremdete. Stattdessen lächelte er und verbeugte sich leicht. »Horst Janner. Meine Freunde nennen mich Hosianna.« Er bemerkte mein Grinsen und zuckte in gespielter Qual die Achseln. »Ich kann nichts dafür. Manche Dinge passieren einem einfach.«

Ich zog die Nase kraus, dann schüttelte ich die vor mir in der Luft hängende Hand.

So, wie ich Mimi Kaminski zu meiner zweiten Mutter erklärt hatte, erklärte ich Horst Janner, genannt Hosianna, zu meinem Vater. Und wie Mimi Kaminski sich mit der regelmäßigen Stullenvergabe um meine körperlichen Bedürfnisse kümmerte, so widmete Horst Janner sich meiner geistigen Erziehung … auch wenn ich bisher fest davon ausgegangen war, so etwas nicht nötig zu haben. Hosianna gab mir keine Butterbrote, Schokoriegel oder Comics, sondern Bücher und Nachschlagewerke. Von ihm erhielt ich keine bunten Küsse, sondern Anerkennung, Lob und, wenn es sein musste, auch mal einen ordentlichen Tritt in den Hintern.

Hosianna wohnte in einem ruhigen Stadtviertel. Schöne Häuser, nette Vorgärten und über jeder Tür ein unsichtbares Schild, auf dem in Großbuchstaben stand: *Typen wie der Defender sind hier unerwünscht.* Kann sein, dass es genau das war, was mich den Klingelknopf besonders ausdauernd drücken ließ.

Hosianna öffnete. Er freute sich, mich zu sehen. Ich meine, er *freute* sich. In seinem dicken alten Gesicht ging die Sonne auf. Manche Leute haben ein Lächeln, das dir alles über sie verrät. So eine Art Lächeln, von dem du glaubst, es könne unmöglich dir gelten, deshalb drehst du dich kurz um und guckst über die Schulter, ob da noch wer steht. Als ich Hosiannas Lächeln sah, war die Sache mit dem Jobangebot für mich entschieden. Nur der Form halber zickte ich noch ein wenig herum. Er zeigte mir das Zimmer unter dem Dach.

»Das wäre also dein Reich.«

Das Zimmer war sehr klein, es war nur halbwegs hell, es war gerade mal mit dem Nötigsten möbliert. In meinen Augen war es ein Palast. Durch eine weitere Tür ging es in ein winziges Bad mit Duschkabine. Ich stellte mich ans Fenster und sah hinab in den großen Garten. Zwei gegensätzliche Empfindungen, die sich über die nächsten Tage hinweg noch die Waage halten sollten, stiegen in mir auf: innerer Jubel und ein tiefes Misstrauen, Letzteres nicht Hosianna, sondern dem Schicksal gegenüber.

»Meine Zugehfrau würde alles für dich in Ordnung halten«, sagte er, während ich mich umsah. »Ich möchte, dass du dich ungestört der Arbeit widmest.«

Ich drehte mich zu ihm um. »Falls ich sie annehme!«

»Ja. Falls du sie annimmst. Der Garten, in dem allerdings um diese Jahreszeit nicht viel zu tun ist, und die Bücher.«

»Darf meine Freundin mich besuchen?«

»Es ist deine Wohnung. Was du darin tust oder wen du hier empfängst, geht mich nichts an.«

Er lotste mich aus dem Zimmer in seine darunter gelegene Wohnung. So gut sortiert, wie Hosianna im Kopf war, so unordentlich waren die vier von ihm bewohnten Räume. Bewohnt ist dabei schon zu viel gesagt. Hosianna hauste. Er hauste zwischen – wenn ich mich beim Katalogisieren nicht verzählt habe – genau 17 894 Büchern. Etwas Chaotischeres ist mir seither nie wieder untergekommen. Man glaubt kaum, dass so viele Bücher, dazu ein Bett, ein Schreibtisch, ein paar Sitzgelegenheiten, dazu noch tausend gerahmte Bilder und Fotos an den Wänden, in so wenig Wohnung Platz finden. In zwei Räumen standen jede Menge Regale hintereinander aufgereiht wie in einer Bibliothek.

Ich sah an einem der Regale empor und fragte: »Warum?«

»Weil ich langsam die Übersicht verliere.«

Ich schüttelte den Kopf. »Ich meine: Warum ich?«

Hosianna zuckte die Achseln. »Ich will ganz offen sein, Defender: Betrachte dich als Versuchskaninchen – vorausgesetzt, das verstößt nicht gegen deine Selbstachtung. Ein soziologisches Experiment.«

»Hilfe zur Selbsthilfe, hm?«

»Wenn du es so nennen möchtest.«

Ich hatte das Gefühl, mein ganzes Leben lang als Versuchskaninchen gedient zu haben: Schmier ihm Hackfleisch ins Gesicht, lass ihn den Ladendetektiv bescheißen, bring ihm Algebra bei, schenk ihm eine Mark. Und dann achte auf das, was er daraufhin tut, schreib es auf, erzähl es weiter, lach dich darüber tot. Ich versuchte, Hosianna einzuschätzen. Er kam von Alpha Centauri, ich war der Erdling. Auf einen Lebendversuch mehr oder weniger kam es nicht mehr an, oder?

»Korrigiere mich bitte, falls ich mich irre«, unterbrach er meine Überlegungen. »Aber du nimmst an, du könntest weiter auf der Straße leben, weil es bis jetzt gut geklappt hat. Du nimmst an, es wird auch weiterhin gut funktionieren.«

Ich korrigierte ihn nicht. Ob ich auf der Straße oder bei meiner Mutter lebte, kam letztlich fast auf dasselbe hinaus, und weder die eine noch die andere Perspektive erschien mir als besonders erstrebenswert. Ich sagte: »So ähnlich.«

»Du belügst dich selbst.«

»Kann sein.«

»Du stiehlst – noch. Aber dabei wird es, unter Umständen, auf Dauer nicht bleiben. Erfolgserlebnisse treiben an.« Eine Weile lang betrachtete er seine Handrücken. Sie waren voller kleiner brauner Flecke. »Bist du je erwischt worden?«

»Nein.«

Er nickte. »Dann ist ein Ausbau deiner … Karriere nur eine Frage der Zeit. Schließlich bist du nicht dumm.«

»Danke. Schätze ich.«

Ich sah mich um, betrachtete die an den Wänden hängenden gerahmten Bilder. Mehrere davon zeigten Hosianna mit einer kleinen, mausartigen Frau. Die Fotos waren schwarzweiß, auf allen Bildern waren die beiden sehr jung.

»Wer ist das? Deine Frau?«

»Ja. Wir haben uns kurz nach dem Krieg kennen gelernt. Ich war sechzehn. Wir waren vierzig Jahre lang zusammen.«

»Ist sie gestorben?«

»Nein, nein. O nein. Sie ist gegangen.« Er schüttelte bedauernd den Kopf. »Möchtest du etwas trinken? Kaffee, Tee, ein Mineralwasser? Oder soll ich dir gleich zeigen, was dich hier erwartet?«

Die ersten Arbeitstage in der Bibliothek waren ohne Ende anstrengend. Meine Aufgabe bestand darin, Ordnung in die Abertausende von Büchern zu bringen, deren Rücken sich in wildem Durcheinander in den Regalen aneinander drückten, die sich auf den Fußböden und den Fensterbänken der Wohnung stapelten, mit denen die Durchgänge zwischen den Türen verstopft waren. Wer jetzt denkt, nichts sei einfacher als das, der kennt Hosianna nicht. Er hatte sehr eigene Vorstellungen von Ordnung. Es war schon ein organisatorischer, mich fast sechs Wochen auf Trab haltender Albtraum an sich, zunächst alle Romane von den Biografien und Sachbüchern zu trennen, die Bücher hin und her zu tragen und für sie alle geeignete Sammelplätze zu finden. Dann begann das eigentliche Sortieren. Als Eva mich das erste Mal besuchte, erzählte ich ihr stöhnend von der vor mir liegenden Aufgabe.

»Ich soll die Romane nach den Nationalitäten ihrer Verfasser ordnen und dabei die Chronologie der Erscheinungsjahre beachten.«

»Und?«

»Das ist verdammt nicht einfach! In vielen Romanen, vor allem in Übersetzungen, ist das Originaljahr der Veröffentlichung nicht angegeben.«

»Dann schnapp dir ein Lexikon, da steht so was drin.«

Ich sah sie überrascht an. »Gibt es Lexikons über Bücher?«

»Es heißt Lexika und es gibt sogar welche über Hautkrankheiten. Wühl dich halt durch.«

Ihr gefiel das Zimmer, ihr gefiel mein Job – anfangs. Ich kam gar nicht auf die Idee, dass ich mich selbst mit dem, was ich nicht ohne Stolz als Schritt in ein halbwegs anständiges Leben betrachtete, Eva gegenüber letztlich meines Status als Exoten beraubte. Ich hatte angenommen, sie durch diesen Schritt fester an mich zu binden, auch wenn ich kaum eine ehrliche Antwort auf die Frage gewusst hätte, wozu eine

Beziehung gut sein sollte, die im Wesentlichen daraus bestand, dass wir uns regelmäßig sahen, regelmäßig miteinander schliefen, uns jedoch ansonsten kaum etwas zu sagen hatten. Die Trophäen verloren für beide Seiten an Glanz.

Evas Ratschlag folgend, machte ich mich über die Enzyklopädien und Lexika her, die sich zu Dutzenden in Hosiannas Bibliothek fanden und von denen ich anfangs den Eindruck hatte, sie könnten mich tatsächlich bei meiner Arbeit unterstützen. Dennoch fühlte ich mich auch Tage später noch wie ein Schiff ohne Steuermann. Nach dem vierten oder fünften Anlauf der gleich bleibend frustrierenden, langwierigen Suche nach Autoren- und Epochennamen kapitulierte ich. Wenn es in diesem Tempo weiterging, wäre ich in hundert Jahren nicht fertig. Aber Aufgeben war keine Option, nicht für den Defender. Also holte ich tief Luft, ließ die Romane vorerst Romane sein und begann von vorn, nämlich mit den Büchern, die ich bisher besser kennen gelernt hatte.

Der Umgang mit den Sachbüchern erwies sich tatsächlich als einfacher. Ich trennte sie zunächst nach Naturwissenschaften, Technik, Geschichte, Psychologie, Politik, Kulturgeschichte und weiteren Themengebieten. Jedes einzelne Gebiet wurde erneut aufgegliedert – die Naturwissenschaften zum Beispiel in ihre einzelnen Disziplinen, jede Disziplin nochmals in ihre Unterdisziplinen. Wer ein wenig Ahnung von, sagen wir mal, Physik hat – und ich hatte, als ich meinen Job antrat, nicht den Schimmer einer Ahnung –, der wird ungefähr ermessen können, mit was für einem Aufwand diese Sortiererei verbunden war. Ohne die Nachschlagewerke wäre ich rettungslos verloren gewesen.

Und so puzzelte ich mir all diese Bücher zurecht, und mit den Büchern ein Abbild der Welt. Denn mehr als einmal blieb ich an einem Lexikon hängen, sah mir anfangs nur die

Abbildungen an, blätterte dann zunehmend länger darin herum. Heute weiß ich, was ein schlaueres Kerlchen als ich vermutlich sofort durchschaut hätte: Dass Hosianna mich auf diese Weise geschickt an genau das heranführte, was ich mit dem Verlassen der Schule frühzeitig aufgegeben hatte. Nennen wir es schlicht und ergreifend den Erwerb von Bildung. Oder nennen wir es, in etwas längerer Ausführung, eine Erweiterung meines Horizonts; die Erkenntnis, dass die Welt groß ist und nicht nur für dich und deine eigenen kleinen Belange erschaffen wurde; das Wissen darum, dass es da draußen Dinge gibt, sichtbare und unsichtbare – oh, hauptsächlich unsichtbare: Ideale, Ideen, Visionen –, die zu bewahren und um die zu kämpfen es lohnt. Sollte das dem einen oder anderen zu prosaisch vorkommen, dann bitte. Jeder soll sein Ding durchziehen, ich hänge mich da nicht rein. Aber es ist ein alles entscheidender Unterschied, ob man das Gefühl hat, sein Ding *allein* durchzuziehen, oder ob man über das Wissen verfügt, dass andere Menschen vor dir schon dasselbe gedacht haben wie du, dass sie die Dunkelheit und die Kälte kennen gelernt haben, so wie du, und dass sie sich den Arsch aufgerissen haben, um dir, manchmal über einen Abgrund von Hunderten von Jahren hinweg, zuzurufen, dass du weder vor der Dunkelheit noch vor der Kälte Angst haben musst, wenn du nur die Hand ergreifst, die sie dir entgegenstrecken.

Hosianna ließ mich mit meiner Arbeit in aller Ruhe gewähren. Er drängte nicht, er fragte nicht. Er saß am Schreibtisch, klackerte auf seiner Schreibmaschine herum – inzwischen hatte ich herausgefunden, dass er an einem Buch über die Bedeutung von Schrift und Sprache schrieb – und zwischendurch servierte er immer wieder Kaffee oder Tee. Während dieser kurzen Pausen unterhielten wir uns über das, was ich in den Lexika an Neuem entdeckt hatte, und es machte mich ohne Ende stolz, wenn Hosianna sich von mir etwas erklären ließ, über das er selbst kaum Bescheid wusste. Er betrachtete anerkennend die sich stetig füllenden Regale, machte hier und dort kleine Verbesserungsvorschläge, gab mir Hinweise bezüglich diesem und jenem, bevor er sich wieder, manchmal für zwei oder drei durch nichts unterbrochene Tage, an seine Schreibmaschine zurückzog.

Eines Abends schließlich, als ich zu geschafft war, um mich noch mit Eva zu treffen, warf ich mich in die Kiste, klemmte mir das Kissen hinter den Rücken und las tatsächlich ein richtiges Buch. Ich hatte mir aufs Geratewohl einen der Millionen Romane geschnappt, die immer noch darauf warteten, sortiert zu werden, und die Schwarte mit nach oben genommen. Ich glaube, ich wollte Eva damit imponieren (was mir, wie sich später herausstellte, nicht gelang) oder Hosianna (das klappte schon wesentlich besser); möglicherweise fand ich es auch einfach nur schick, ein Buch neben meinem Bett zu wissen. Es hatte als oberstes auf einem der Stapel gelegen, der Name des Autors war mir bekannt vorgekommen. Außerdem hatte ich noch beim ersten willkürlichen Herumblättern den Eingangssatz gelesen, und der sprach mich an. Sprach *zu mir.* Sprach zu mir mit so lauter Stimme, dass es mir vorkam, als wäre das Buch für mich geschrieben worden:

Ob ich mich als Held meiner eigenen Lebensgeschichte herausstelle oder ob jemand anderem diese Rolle zukommt, werden die folgenden Seiten zeigen müssen …

Ich kuschelte mich in das Kissen und begann zu lesen.

Der Winter war so eisig, dass ich anfangs ihm die Schuld dafür in die Schuhe schob, als das Verhältnis zwischen Eva und mir sich abzukühlen begann. Wir sprachen immer weniger miteinander, begannen uns zu langweilen, tauschten uns selbst über Äußerlichkeiten nicht mehr aus. Es passte Eva nicht, dass ich mich Tag und Nacht in Hosiannas Bibliothek aufhielt und außerdem dazu übergegangen war, viele der Bücher, die ich ursprünglich nur hatte sortieren sollen, nun auch noch zu lesen. Sie behauptete, ich würde mich wie ein Drogensüchtiger benehmen, und vermutlich hatte sie Recht. Ich konnte nicht genug vom Lesen bekommen. Wahllos standen neben dem Bett Klassiker von Tolstoi, Balzac oder Dickens neben Standardwerken der Physik, der Geologie oder der Chemie. Je mehr die bis dahin nur wenig besiedelte Welt in meinem Kopf an Umfang zunahm, umso kleiner und gleichzeitig großartiger fühlte ich mich. Ich versuchte, das Eva zu erklären, doch sie winkte ab. Im Gegenzug erklärte ich sie für das, was sie war – oberflächlich. Oder, falls da etwas unter der Oberfläche lag, zu verkorkst, um sich dem zu stellen. Es machte mir immer weniger Spaß, gemeinsam mit ihr irgendwelche Schuppen aufzusuchen, wo man für eine Cola genauso viel zahlte wie in einem exklusiven Bordell für eine Flasche Champagner, nur damit Eva dort irgendeinen neuen Fummel über den Laufsteg schleifen konnte … was ihr für etwa eine halbe Stunde Befriedigung verschaffte, bevor sie auch schon wieder mürrisch wurde und ihren nächsten Einkaufsbummel zu planen begann.

Eva ließ mich spüren, dass mein Verhalten ihr nicht gefiel, ging anfangs nur ein wenig, dann immer mehr auf Distanz … und ich reagierte, zu meiner eigenen Überraschung, mit blinder Panik. Ganz gleich, wie unbefriedigend unser

Zusammensein geworden war, ich wollte sie nicht verlieren. Kurzfristig zog ich in Erwägung, mich Hosianna anzuvertrauen, fand letztlich die Idee aber wenig überzeugend. Was sollte er mir schon erzählen? Seine eigene Frau hatte ihn nach vierzig Jahren Ehe sitzen lassen, für solche Fragen schien er also kaum der passende Ansprechpartner zu sein.

Und damit, wertes Publikum, nähern wir uns dem entscheidenden Part. Das Wissen darum, dass die Trennung von Eva nur noch eine Frage der Zeit war, sowie mein irrationales Bemühen, sie weiterhin an mich zu binden, machten mich nervös. Ich wurde launisch, vernachlässigte meine Arbeit – mit dem langsam beginnenden Frühling rückte Hosiannas Garten zu Lasten der Bibliothek in den Vordergrund – und begann, mich wieder auf der Straße herumzutreiben. Von meinem Brötchengeber kam kein Kommentar, aber seine Nachfragen, wann ich diese oder jene Gartenarbeit nun endlich zu verrichten gedachte, wurden häufiger und verleiteten mich zu zunehmend patzigeren Antworten. Ich hatte bereits entschieden, dass meine Identität als armer Schlucker mein größtes Plus bei Eva gewesen war. Jetzt kam mir die göttliche, wahlweise natürlich auch völlig hirnrissige Eingebung, die sorgfältige Mischung würde es machen: Armer Schlucker verteilt großzügige Geschenke. Der Himmel sollte Designerschildchen auf Eva regnen lassen und dazu brauchte ich Geld, jede Menge Geld. Die paar Kröten, die ich von Hosianna als Lohn erhielt, war für meine Zwecke bei weitem nicht ausreichend.

Nicht dass jetzt wild blinkende Alarmlämpchen signalisieren sollen, der Defender hätte es schließlich doch noch zum Kapitalverbrecher gebracht. Auch wenn ich kurz mit dem Gedanken spielte, die von meiner Mutter mit vielfachem Erfolg gekrönte *Methode zwei* anzuwenden, sie vielleicht noch zu verfeinern, kamen derlei Aktivitäten letztlich nicht in Frage. Mir lag zu viel an Hosiannas guter Meinung von mir. Er hatte mir eine einmalige Chance gegeben, und ich mochte einigermaßen verwirrt sein, aber ich war nicht völlig geistig umnachtet. Was ich in meinem Dilemma tat, war lediglich nach *Möglichkeiten* Ausschau zu halten, Möglichkeiten, von denen ich zwar keine konkrete Vorstellung hatte, von denen ich aber hoffte, dass sie sich mir irgendwann bieten würden. Ich streifte um die Häuser. Ich ließ alte Bekanntschaften wieder aufleben und stellte dabei fest, dass Wolle die Stadt verlassen hatte, mit unbekanntem Ziel.

Fremder, such dein Glück in der Fremde.

Vielleicht konnte ich Eva dazu überreden, gemeinsam mit mir auszuwandern.

Wie so oft in jenen Fällen, wenn man sich wochenlang um sich selbst dreht, bot sich die Möglichkeit schließlich überraschend, befahl eine blitzschnelle Entscheidung … und überforderte mich völlig. Es geschah mitten in der Stadt. Irgendein mit Frühlingshormonen bis zur Halskrause abgefüllter Amokfahrer begrüßte den sonnigen April auf seine Weise, raste mit neunzig Sachen über die Piste, kriegte die Kurve nicht und bretterte an einer Bushaltestelle in drei Passanten. Ich hockte etwa fünf Meter von der Katastrophe entfernt auf der Bank im Wartehäuschen; es war Donnerstag, die neuen Comics waren eingetroffen, ich hatte zu Mimi Kaminski fahren wollen. Schwarz natürlich. Der Bus, der eben angehalten hatte und seine Fahrgäste entließ, war nicht meiner. Falsche Nummer. Mein Glück.

Im nächsten Augenblick Motorendröhnen, Bremsenquietschen, ein fürchterlicher Aufprall, entsetzte Schreie. Ein dunkler Kombi schleuderte hin, schleuderte her, polterte über den breiten Gehsteig, grub sich dem Bus in die Flanke. Zwei Männer und eine Frau riss es wie Spielzeugpuppen von den Beinen; einer der Männer wurde zwei Meter weit nach rechts katapultiert. In meine Richtung. Er schlug auf dem Asphalt auf. Stöhnte laut. Ich sah auf seinen Hinterkopf, auf das Blut, das sich darunter ausbreitete. Da, wo sein Gesicht war. Es sah aus, als wenn im Kino der Film durchschmort; ein sich langsam verbreiternder, dunkelroter Fleck, ein Krater ohne Tiefe.

Vor meinen Füßen war etwas Schwarzes gelandet. Ich bückte mich, griff danach, steckte es ein, lief davon, die Schreie hinter mir lassend, den verletzten Mann, mein schlechtes Gewissen. Es war reiner Instinkt, der mich den Weg zum Bahnhof einschlagen ließ. Erst dort blieb ich stehen. Mein Atem jagte. Ich sah mich um. Niemand beobachtete mich.

In der Brieftasche aus weichem Leder steckten neben Ausweispapieren, Kredit-, Visiten- und Telefonkarten sowie zwei Fotos, die beide ein kleines, breit lachendes Mädchen zeigten, achthundert Mark. Achthundert Mark! Wer rannte mit so viel Geld durch die Gegend? War der Typ komplett übergeschnappt? Hatte er geglaubt, mitten im beginnenden Frühling sei es schon an der Zeit für die ersten Weihnachtseinkäufe?

Achthundert Mark.

Eine Viertelstunde später stand ich in einem der Läden mit den sauber geleckten Marmorböden. Mir war einer dieser winzigen überteuerten Designerfummel eingefallen, den Eva letzte Woche bewundert hatte. Irgendein schwarzes Top für vierhundert Mark, schätzungsweise also eine Mark pro Quadratzentimeter. Von den restlichen vierhundert würde ich Eva schick zum Essen einladen, dann in einen

Luxus-Tanztempel. Ich schnappte mir das Teil, trug es zur Kasse, öffnete die Brieftasche und wurde von dem kleinen Mädchen auf dem Foto angelacht.

Und das war's.

Irgendwo in meinem Inneren schnappte vernehmbar eine Tür ins Schloss.

Ich würde nicht behaupten, dass in diesem unerwarteten Moment meiner Wandlung himmlische Heerscharen einen Chor anstimmten. Es war auch nicht der Gedanke, der Vater des Mädchens könnte der Kleinen von der Kohle ein hübsches Geschenk kaufen, davon die Miete bezahlen oder sonst was Soziales. Es war das Mädchen selbst oder, genauer gesagt, sein Lachen. Es war ein Lachen, das kindlich und unschuldig war – sorry für diese abgegriffene Einlage –, ein Lachen, das einen Laden wie den, in dem ich mich gerade befand, nicht kannte und hoffentlich niemals kennen lernen würde. Ein Lachen, wie Eva es vielleicht irgendwann gelacht hatte, vor langer Zeit, bevor sie sich in all ihren teuren Klamotten selbst verloren hatte.

Ich murmelte etwas von anders überlegt, trug den Fummel zurück und ging hinaus. An eigenem Geld hatte ich nur knapp zehn Mark in der Tasche. Davon kaufte ich einen großen wattierten Umschlag und Briefmarken. Ich tütete die Brieftasche ein und schickte sie an ihren Besitzer zurück. Kein Absender. Eine Stunde später stand ich bei Eva auf der Matte. Sie sah viel zu klein aus in der großen Tür der großen Villa. Ich musste kaum etwas sagen. Wir gaben uns Mühe, waren freundlich miteinander, trennten uns, man sieht sich, mach's gut, schönen Sommer.

Ich machte rasche Schritte. Ich versuchte, an nichts zu denken. Manche Dinge geschehen, obwohl du sie im Kopf mehr als hundert Mal durchgespielt hast, so schnell, dass du erst zum Nachdenken kommst, wenn alles längst vorbei ist. Auf dem Weg nach Hause fühlte ich mich zum Heulen. Gleichzeitig aber war ich viel zu erleichtert, um meinen Tränen freien Lauf zu lassen. Vielleicht ahnte ich auch, dass ich nur zwei Tage später einen weitaus schlimmeren Anlass zum Weinen haben würde.

Ich hatte schön öfter mit dem Gedanken gespielt, Hosianna und Mimi miteinander bekannt zu machen. Nicht dass ich mir etwas davon versprach – nichts Romantisches zwischen den zweien, meine ich. Es war mir einfach wichtig, dass die beiden einzigen Menschen, an denen mir wirklich viel lag, sich kennen lernten, besonders jetzt, nachdem Eva und ich Schluss gemacht hatten. Hosianna und Eva hatten einander nicht viel zu sagen gehabt, und ich vermutete, zwischen Hosianna und Mimi würde es ähnlich laufen. Aber einen Versuch schien es mir wert. Mag sein, dass ich wenigstens einmal vor mir sehen wollte, was für mich dem Bild einer Familie gleichkam.

Was ich stattdessen sah, nachdem ich einen murrenden Hosianna nach etwas gutem Zureden quer durch die Stadt geschleift hatte, war ein handgeschriebenes Schild in der Eingangstür zum Zeitungsladen.

Der Kiosk bleibt geschlossen.

Für immer.

Keine Comics mehr, keine Schokoriegel, nie wieder bunte Küsse.

Mimi Kaminski war tot.

Ich starrte den Nachbarn an. Hosianna hatte den Mann aus dem Haus geklingelt und fragte ihn aus. Ich selbst sagte kein Wort. Ich wollte nie wieder sprechen. Nicht mal mehr atmen. Jetzt kommt sie, dachte ich, jetzt kommt die Moral von der Geschichte, wie in einem beschissenen Film, wie in einem der verlogenen Comics. Irgendein Wichser hat Mimi für ein paar mickrige Kröten das Licht ausgepustet, damit der Defender erkennt, wie schnell eine schiefe Bahn in die Senkrechte kippen kann. Von heute auf morgen. Mimi musste sterben, damit gute Onkels wie Hosianna Recht behalten mit ihrer These von der Eigendynamik der Kriminalität, die nur einen Weg kennt: den von oben nach unten, den vom Regen in die Traufe, vom Rinnstein in die Sickergrube.

Aber Mimi war nicht, wie der Nachbar erklärte, einem Verbrechen zum Opfer gefallen. Man hatte sie vor drei Tagen gefunden, irgendein Kunde, sie war ganz einfach hinter ihrem Tresen zusammengebrochen. Der Zucker. Das Herz. Einfach so.

Einfach so.

In mir war alles grau und taub. Ich war nicht für sie da gewesen, wirbelte es mir durch den Kopf. Nicht wirklich. Ich hatte immer nur von ihr genommen. Ich hatte Mimi als selbstverständliche Konstante *meines* Lebens gesehen. Sie hatte einen Teil *meiner* Bedürfnisse befriedigt – Essen, ein sanftes Streicheln über den Kopf, ein bunter Kuss, Comics. Vor allem Comics. Und wie jede Konstante, so war auch diese mir mit der Zeit als unabänderlich vorgekommen, als unverrückbar. Anders hätte ich es gar nicht gewollt. Aber was hatte ich Mimi im Gegenzug gegeben, außer meiner schweigenden Gesellschaft?

Nichts.

Absolut nichts.

Ich beklagte mich bei Hosianna. Meine Mutter hätte mir nie beigebracht, was es bedeutet, sich um jemanden zu kümmern. Er winkte ab. Ich mochte an Mimi wiederholt haben, was mir zu Hause vorgelebt worden war, sagte er, doch das unterlag meiner Verantwortung, nicht der meiner Mutter. Meiner Verantwortung ganz allein: Wenn Mimis Tod mich etwas lehrte, dann das. Ob ich ihr Andenken mit Füßen treten wolle, indem ich mich auf die Opferrolle zurückzog, wenn ich doch Täter gewesen war, fragte Hosianna nüchtern. Ich verstand ihn nur halb, aber ich schüttelte den Kopf.

Noch am selben Tag besuchte ich den Friedhof. Hosianna hatte mir angeboten mich zu begleiten, aber ich wollte allein sein. Passend zu meiner Stimmung hatte es wieder zu schneien begonnen; ein letzter Kälteeinbruch im April, ein verhangener Himmel, kräftiger Wind, ein weiß blitzendes Gestöber. Ich legte Blumen auf Mimis Grab. Blumen zu tausend anderen Blumen, eine Decke, ein Feld, ein Ozean von Blumen. Die Erde darunter war nicht zu sehen. Ich habe nie erfahren, woher diese vielen Blumen kamen. Sie wirkten ganz frisch, die Kälte würde sie noch für Tage konservieren, bevor sie welkten. Ich stand dort und dann … O Mann, jetzt kommt der schwierige Teil, der Teil, von dem ich nicht weiß, wie ich ihn in Worte fassen soll, weil Worte nur so unzureichend wiedergeben können, was ich empfunden habe. Es wäre die absolute Show für meine Mutter gewesen, die Bestätigung, mir letztlich doch den richtigen Namen gegeben zu haben, auch wenn ich mir sicher bin, dass ein in diesem Moment zufällig vorbeischlendernder Friedhofsbesucher meinem Gesicht nicht angesehen hätte, was sich in mir abspielte. Es war die Offenbarung des Johannes, sozusagen. Schildern wir sie mal einfach so, wie sie war:

Ich betrachte all diese Blumen, diese bunte, mit Schneeflocken besprenkelte Decke, in der alle Farben enthalten sind, die Mimi Kaminski sich je ins Gesicht gepinselt hat. Ich versuche mir Mimi darunter vorzustellen, zwei Meter tief in der Erde, und kann es nicht. Stattdessen sehe ich vor mir ausgebreitet all diese zerbrechliche, zum Sterben verurteilte Schönheit und ich denke, wie unsagbar leicht es ist, hässlich zu sein. Und als ich mich abwende, um zu gehen, verstehe ich auf einmal jenen ersten Satz, der mir mein erstes Buch geöffnet hat und damit alle Bücher, die je geschrieben wurden:

> *Ob ich mich als Held meiner eigenen Lebensgeschichte herausstelle oder ob jemand anderem diese Rolle zukommt, werden die folgenden Seiten zeigen müssen …*

Ich gehe. Kies knirscht unter meinen Füßen, der Wind ist so frisch wie der allererste Wind der Welt. Auf meiner Netzhaut leuchten noch immer die Farben von tausend Blumen. Also halte ich inne, drehe mich noch einmal um und verbeuge mich vor Mimi Kaminski. Weil ich plötzlich verstehe, dass jede und jeder von uns ein Held sein kann, doch dass zum Helden deiner eigenen Geschichte dich, im Guten wie im Schlechten, immer die anderen machen. Ich weiß, dass etwas Glück dazu gehört, um auf Menschen wie Hosianna oder Mimi Kaminski zu stoßen. Und ich begreife, dass nicht jeder Mensch – Menschen wie Eva, Menschen wie meine Mutter – dieses Glück hat, auf die passenden anderen zu treffen. Und dass wir die verdammte Pflicht und Schuldigkeit haben, das niemals zu vergessen.

Dino war's einfach. Aber aus ebendiesem Grund, neben einigen anderen, strafte Jackie ihn mit Verachtung. Denn genau wie Dino war auch *sie* es als Kind schon gewesen; nur hatte sie, im Gegensatz zu ihm, diesen Kinderkram längst hinter sich gelassen. Sie wusste, dass sie sich selbst maßlos überschätzte, und mochte sich nicht dafür, konnte sich aber der Schlussfolgerung nicht verweigern, dass sie wesentlich reifer war als ihre Mitschüler – und ganz bestimmt reifer als die Jungen, die wirklich noch Kinder waren. Natürlich waren sie trotzdem hinter ihr her. Sie wussten, Jackie würde es tun, sie hatte es getan, sie *tat* es – aber nicht mit einem von ihnen. Um bei Jackie anzukommen, musste man dermaßen erwachsen sein, dass man schon fast *alt* war. Simon, ihr Freund, war acht Jahre älter als sie. Ab und zu holte er sie nach der Schule mit seinem Wagen ab. Er hatte eine eigene Wohnung, wo sie häufig und mit Einwilligung ihrer Eltern übernachtete. Sie vertrauten ihm. An Simon gemessen, war Dino ein Kleinkind. Nichts auf dieser Welt hätte Jackie dazu bewegen können, die beiden gegeneinander einzutauschen.

Dass sie an diesem Abend trotzdem mit Dino knutschte, entsprang reiner Neugier. Es war der monatliche Discoabend des Jugendclubs. Die Leute gaben sich ein bisschen offener, es gab ein paar langsame Tänze, eine oder zwei kleine Rangeleien, ein bisschen Gegrapsche. Jackie ging seit zwei Jahren mit Simon, an ihrer Treue bestand kein Zwei- fel, aber langsam dämmerte ihr, dass sie etwas wie das hier einfach vermisste. Vielleicht verdrehte sie deswegen die Augen nicht und sagte NEIN!, als Dino auf sie zukam und fragte, ob sie mit ihm tanzen wolle.

Stattdessen zuckte sie mit den Achseln, ließ sich von ihm an sich drücken und drehte sich mit ihm durch den Raum. Sie gestattete ihm, ein Bein zwischen ihre zu manövrieren, fühlte ihn gegen ihren Unterleib hart werden und – es kribbelte. Kribbelte genug, um ihm einen Kuss zu erlauben, als der Tanz endete. Aus reiner Neugier.

Der Kuss ging weiter als beabsichtigt. Sie presste sich an ihn. Ihre Beine gaben nach. Als er den Kopf zurücknahm, war sie immer noch nicht fertig und hielt weiter seinen Hals umschlungen, die Augen halb geschlossen, wie betäubt. Sie fühlte sich wie ein Blutegel, den man vorzeitig von seinem Wirt gerissen hatte. Dino sah ihr tief in die Augen und stieß ein leidenschaftliches »Gott!« aus, bevor er sie erneut an sich drückte und über ihren Kopf hinweg murmelte: »Das macht mich so glücklich.«

Was für ein bescheuerter Satz, schoss es Jackie durch den Kopf. Aber noch während sie das dachte, wusste sie, dass er nicht einfach so dahergesagt war. Er entsprach der Wahrheit. Dino meinte es so. Sie hatte ihn glücklich gemacht. Als sie sich aufzurichten versuchte, zuckten ihre Beine. Etwas tief in ihrem Unterleib zog sich unwillkürlich zusammen. Sie stöhnte leise, dreimal. Dino war pure Eiskrem; sie hätte ihn von oben bis unten weglecken können. Er beugte sich erneut zurück, um sie zu mustern, als könnte er nicht glauben, was sie da mit ihm veranstaltete. Sein Gesicht leuchtete. Es war, als hätte er das von ihm empfundene Glück soeben an sie weitergereicht wie einen schimmernden Ball, wie konnte sie den fallen lassen?

Eine seiner Hände kam auf ihrer Wange zu ruhen, auf eine Art, die sie als ebenso vage bedrohlich wie verletzlich empfand. »Lass uns ausgehen. Ein Spaziergang oder so was. Morgen Nachmittag?«, bettelte er. »Bitte?«

»Oh. Okay.«

»Danke.« Dino drückte sie noch einmal fest an sich und sie spürte sein Herz pochen, es war wie der Flügelschlag eines kleinen Vogels. Dann verschwand er. Irgendein Instinkt trieb ihn von Jackie fort und ließ ihn nach Hause gehen, bevor sie es sich womöglich noch anders überlegte. So urplötzlich verlassen, torkelte Jackie zu ihren Freundinnen zurück.

»Hat's Spaß gemacht?«, erkundigte sich jemand.

»Ich versteh es selbst nicht«, gab sie kühl zurück, aber ihr Herz hatte längst diese unglaubliche, verräterische Reise nach unten angetreten, nach Du-weißt-schon-wohin. Und sobald ihr Herz sich in diesem Du-weißt-schon-wo eingerichtet hatte, war sie verdammt. Es gibt kein demütigenderes Schicksal, als sich in ein derart arrogantes und charmantes Lustobjekt wie Dino das Zuckersteinchen zu verlieben.

»Na bitte«, sagte Dino, als sie nach Hause gingen.

»Ich versteh's einfach nicht.« Jonathon war platt. Er hatte befürchtet, Dinos aufgeblasenes, aber dennoch verletzliches Ego würde an der unvermeidlichen Ablehnung durch Jackie Schaden nehmen. Stattdessen lief Dino neben ihm her, strahlend wie ein Leuchtturm, und leckte sich immer noch ihren Geschmack von den Lippen.

»Ihre Titten durfte ich auch anfassen«, verriet er.

»Echt? Wie waren sie denn?«, fragte Jonathon.

»Sie hat nette Titten«, gab Dino zurück.

»Wie schafft er das nur?«, wandte Jonathon sich an Ben. »Was meinst du, hat sie einfach vergessen, wer er ist? Glaubst du, dass sie eine vorübergehende Halluzination hatte und ihn für Brad Pitt gehalten hat?«

»Ich glaube, sie will nur seinen Körper«, sagte Ben.

»Wow.« Jonathon konnte sich nur über das Glück wundern, das man haben musste, wenn irgendein Mädchen – ganz zu schweigen von einer wie Jackie – dich wegen deines Körpers haben wollte.

»Na ja, an seiner Persönlichkeit kann es nicht liegen, die ist die eines Dorfdeppen«, sagte Ben.

»Sei nicht so blöde«, sagte Dino. Er fühlte sich wie ein Löwe. Wäre er allein gewesen, hätte er in diesem Moment triumphierend gebrüllt.

Als sie zu Hause ankam, hatte Jackie zwar immer noch nicht begriffen, was mit ihr vorging, brachte aber immerhin genügend Mut auf, ihre beste Freundin Sue anzurufen.

»Du hast mit Dino geknutscht?«, wiederholte Sue ungläubig. »Du hast ein Date mit *Dino?*«

»Es ist kein Date«, beharrte Jackie.

»Du knutschst mit einem Jungen rum und dann verabredest du dich mit ihm und das ist kein Date?«

»Mach nicht so einen auf Glucke, es wird schon nichts passieren.«

»Warum triffst du ihn dann?«

»Warum denn nicht?«

Sue begann, sich um ihre Freundin Sorgen zu machen. »Hast du vergessen, dass du ihn nicht ausstehen kannst? Was soll es bringen, mit einem Jungen auszugehen, den man nicht mag?«

»Einfach so. Warum denn nicht?«

»Hör endlich auf, ›warum denn nicht‹ zu sagen. WARUM?«

»Was ist denn los mit dir?«, fragte Jackie, und Sue gab zurück:

»Das. Riecht. Nach. Ärger.«

Jackie lachte nur. Ihr war ein wenig schwindelig. Kaum zu glauben, dass Sue plötzlich mütterlich wurde, nur weil sie sich ein einziges Mal danebenbenommen hatte. Normalerweise war sie diejenige, die Sue Ratschläge erteilte. Sue hatte den miesesten Jungengeschmack der Welt – absolut hoffnungslos. Es war fast zwanghaft.

»Ich bin eben neugierig«, beharrte Jackie, was ihr, zu ihrem großen Ärger, Gelächter von Sue einbrachte.

»Hör mal zu, Püppchen«, sagte Sue. »Typen wie Dino, die sind so was wie eine ganz schlimme Sucht. Du redest dir ständig ein, du würdest mit ihnen fertig, dass du sie ausprobieren kannst, nur um zu sehen, wie sie so sind. Und schon klebst du an ihnen dran und dein ganzes Leben wird zu einer einzigen Lachnummer.«

»Du bist die Lachnummer«, schnappte Jackie. Sie nahm diese Warnung schon aus Prinzip nicht ernst, und jetzt wäre sie schon allein deshalb in den Park gegangen, um ihre Freundin zu ärgern.

Sie spazierten nebeneinanderher. Als er ihre Hand zu nehmen versuchte, ließ sie das nicht zu, doch das schien ihn nicht weiter zu stören. Tatsächlich kam er aus dem Lächeln gar nicht mehr heraus – wegen ihr, dem grünen Gras, den Hunden, den Leuten, sich selbst.

»Du siehst glücklich aus«, sagte sie.

Dino sah sich um, als würden sie belauscht, beugte sich dann vor und flüsterte ihr mir rauer Stimme ins Ohr:

»Du bist wunderschön. Ich schätze, das kriegst du andauernd zu hören. Du könntest aus einer von diesen Zeitschriften gesprungen sein. Ich denk bloß ... ich fühl mich ... ich weiß nicht, wie ich es sagen soll! Es liegt an dir. Du machst mich so *glücklich!*«

Zum Teil war es lächerlich – wie ein Model aus einer dieser Zeitschriften –, zum Teil war es Unsinn, zum Teil pathetisch; aber insgesamt war es wunderbar. Seine Worte ließen sie innerlich erschauern, von oben bis unten. Dino betete sie an. Er konnte sein Glück nicht fassen. Befürchtete er denn überhaupt nicht, sich eine Blöße zu geben? Stand hier vor ihr, servierte ihr sein Herz auf einem Silbertablett, einfach so, direkt vor ihren Augen, obwohl sie die letzten zehn Jahre damit verbracht hatte, ihm zu sagen, er solle sie in Ruhe lassen. Er meinte jedes Wort, wie er es sagte. Er war so offen wie der Himmel.

Dann zog er sie irgendwie hinter sich her ins Unterholz, um sie zu küssen, und sie ließ es zu.

Viel später überlegte Jackie: Im *Unterholz*? Sie hatte einen Freund, er besaß ein Apartment, in das sie gehen konnten. Um dort *was* zu tun? Doch hier und in diesem Moment dachte sie nicht daran. Gut möglich, dass sie es nicht mal tun wollte, aber plötzlich lehnte sie mit dem Rücken gegen einen Baum, Dinos Hand in ihrem Slip, gerade so, als hätte sie das über die ganze Woche hinweg geplant. Es war einfach das Aufregendste, was sie je getan hatte. Sie umklammerte seinen Hals, stöhnte »Dino ... oh. Oh. Oh. Dino!«, mit leiser, überraschter Stimme. Seinen Namen so auszusprechen, machte sie nur noch mehr an. Sie waren eine Ewigkeit miteinander zugange. Zuletzt musste er aufhören, weil sein Handgelenk sich verkrampfte. Ihre Jeans waren zu eng. Sie stolperten in den Tag zurück, blinzelten ins Sonnenlicht, und sie war so benommen, stand dermaßen unter Hormonbeschuss, dass sie einem Kinobesuch in der folgenden Woche zustimmte.

BIS HIERHER UND KEINEN SCHRITT WEITER!

Andreas Steinhöfel
TRÜGERISCHE STILLE
Taschenbuch
176 Seiten
ISBN 978-3-551-35314-6
Auch als E-Book erhältlich

ALS LOGO AUF DER FAHRT IN DIE FERIEN Carla begegnet, ist er gleich hin und weg von ihr, obwohl sie nur einen kurzen Blick und ein Lächeln ausgetauscht haben. Wenig später trifft er sie am Waldensee wieder, doch plötzlich gibt sie sich verschlossen und unnahbar. Irgendetwas stimmt hier nicht, das spürt Logo genau. Aber welches dunkle Geheimnis sie mit sich herumträgt, begreift er erst, als es fast zu spät ist ...